CARLOS EDUARDO FALCÃO UCHÔA

COPACABANA: UMA SEDUÇÃO SÓ!

crônicas

CARLOS EDUARDO FALCÃO UCHÔA

COPACABANA: UMA SEDUÇÃO SÓ!

crônicas

odisseia
EDITORIAL

Lexikon Editora Digital Ltda.
Rua Luís Câmara, 280 - Ramos
21031-175 Rio de Janeiro - RJ - Brasil
Tel.: (21) 2526-6800
www.lexikon.com.br - sac@lexikon.com.br

DIRETOR EDITORIAL
Carlos Augusto Lacerda

PRODUÇÃO EDITORIAL
Sonia Hey

ASSISTENTE DE PRODUÇÃO
Vivian Pitança

REVISÃO
Perla Serafim

DIAGRAMAÇÃO E CAPA
Filigrana Design

IMAGEM DE CAPA: 🅭 Sheila Tostes | Flickr (http://bit.ly/2cweJAp)

CIP-BRASIL. CATALOGAÇÃO NA PUBLICAÇÃO
SINDICATO NACIONAL DOS EDITORES DE LIVROS, RJ

U19c

Uchôa, Carlos Eduardo Falcão
Copacabana: uma sedução só! / Carlos Eduardo Falcão Uchôa. - 1. ed. - Rio de Janeiro : Odisseia, 2016.
160 p. ; 21 cm.

ISBN 9788562948282

1. Crônica brasileira. I. Título.
CDD: 869.8
CDU: 821.134.3(81)-8

Para o meu Pai, que me
deixou como legado a
trajetória da honestidade
e a consciência do outro.

A crônica não é um “gênero maior”. Não se imagina uma literatura feita de grandes cronistas, que lhe dessem um brilho universal dos grandes romancistas, dramaturgos e poetas. Nem se pensaria em atribuir o prêmio Nobel a um cronista, por melhor que fosse. Portanto, parece mesmo que a crônica é um gênero menor.

“Graças a Deus”, – seria o caso de dizer, porque sendo assim ela fica perto de nós.

Antônio Cândido

O que interessa é que a crônica, acusada injustamente como um desdobramento marginal ou periférico do fazer literário, é o próprio fazer literário. E quando não o é, não é por causa dela, a crônica, mas por culpa dele, o cronista. Aquele que se apega à notícia, que não é capaz de construir uma existência além do quotidiano, este se perde no dia a dia e tem apenas vida efêmera do jornal. Os outros, esses transcendem e permanecem.

Eduardo Portella

Apresentação

E não é que o nosso professor de Linguística gostou de trilhar os caminhos da crônica? Ei-lo aqui de volta, neste segundo livro, com o mesmo olhar alerta, com o mesmo tom de conversa, com a mesma desenvoltura, mas com uma pitada maior de expressões populares que devem ter deixado a sisuda Linguística de testa franzida... Imaginem a reação dela ao ler "coroa", "amassos", "brega", "balancês", etc.

A nostalgia do tempo marca as crônicas deste livro: desde as lembranças do passado, quando o futuro professor e cronista desviava-se do vento de mudança, do romper paradigmas; garoto de pernas tortas e orelhas de abano, ainda não sabia que esse sentir, esse "desviar do vento", se é inquietante, pode também ser o caminho para compreender o outro, o diferente, pode ampliar a sua visão do mundo com seus altos e baixos, anseios e desilusões que dão forma à nossa existência. Mas a vida foi passando, e o "sentir-se gauche" foi se diluindo à medida que o tempo corria. O sucesso no magistério, a felicidade do casamento e a chegada a Copacabana foram marcantes na vida do cronista. Copacabana conquistou-o para sempre e tornou-se o seu chão. Ainda hoje, anos passados, filhos criados, produção de excelência na sua especialidade, Copacabana – sedutora e irresistível sempre – continua a propiciar recordações do passado e encontros comovidos com o presente. Lendo suas crônicas, ficamos sabendo que as renegadas "orelhas de abano" não existem mais, adaptaram-se ao rosto; e as pernas foram endireitadas, depois de uma operação cujo resultado é-nos narrado com o humor de uma imaginária discussão das duas pernas, sobre qual delas ficaria reta em primeiro lugar. Sim, o nosso autor embebe muitas de suas crônicas com o vinho do humor... Como o fez na crônica que, emprestando sentimentos a algo inanimado (no livro anterior, por exemplo, a sensualização de uma árvore, interessadíssima numa aula que ouve através de uma janela), dá voz à bengala que o acompanhou depois da operação das "pernas retinhas". Diante do fato de que não estaria mais presente nas andanças do cronista, a bengala humaniza-se: tem uma crise de ciúmes só apaziguada depois do autor jurar que ela é e será a única, que não haveria outra em seu lugar. E o discurso termina com um prosaico e popular "Então tá".

O nosso autor é um professor extremamente bem-sucedido, e a nostalgia do passado feliz dentro da sala de aula, Pasárgada de alegria e comunhão, sempre vem à tona. Mesmo quando não verbalizada, ela está lá. Mas não é só a sala de aula que é domínio da nostalgia: são as recordações dos filhos brincando na areia de Copacabana, é o reviver da felicidade nas fotos tiradas e naquelas gravadas na retina da saudade. É também o prazer de lembrar da letra completa de músicas de carnavais passados ao encontrar-se com senhorinhas que, como ele, tentavam tornar o passado presente, pela recordação intacta no tempo.

O passado habita o nosso cronista; mas isso não quer dizer que ele viva no ontem e não se interesse pelo hoje. Ao contrário: nas suas andanças por Copacabana – sempre ela! – sua sensibilidade também interage no presente, observando pessoas e fatos com que se depara e em que reconhece "potencial" para uma crônica – o barbeiro que repete os mesmos gestos anos a fio, o eletricista preocupado com a família, o taxista interessadíssimo na forma correta de um substantivo feminino, a amiga em cujos olhos o autor percebe carinhosamente uma nevoazinha talvez de tristeza, mas não quer invadir algo que parece tão íntimo, enfim, os olhos do cronista e sua sensibilidade para "ver" o outro têm uma marca constante: o respeito e a compreensão amiga sempre presentes. E também a emoção: a que comove, a que faz rir, a que faz pensar, enfim, como diz o autor na crônica "O direito à palavra": "O espaço da crônica é o espaço do meu descanso da sisudez". E esse espaço talvez seja aquele em que se cumpra o conselho de Roland Barthes. Transcrito pelo cronista, para o outono da vida: "nenhum poder, um pouco de saber, um pouco de sabedoria e o máximo de sabor possível".

Margarida Alves Ferreira
Professora de Literatura Portuguesa da UFRJ;
Doutora em Letras Vernáculas
(Literatura Portuguesa) pela UFRJ

Sumário

Uma noite de autógrafos

Acabei de viver a minha mais recente noite de autógrafos. É sempre uma noite que me proporciona uma sensação muito especial de realização. Cada amigo que ia chegando à mesa onde me encontrava, para trocar um abraço e rabiscar eu uma dedicatória, pertencia a um dos mundinhos a que eu tinha pertencido ou ainda pertencia. Amigos de épocas bem afastadas, de pretéritos distintos. Como é difícil usar a linguagem adequada, saciar a expectativa de todos no tocante ao que escreveria! Com o passar das horas, as palavras parece não mais me ajudarem. Cansaço meu e delas. A fila, para a qual entreolhava às vezes, me dava a impressão de não andar, o que como que antecipava meu cansaço, tornando minhas dedicatórias (para a frustração do futuro leitor e minha) repetidas, mecanizadas, inexpressivas. Não conseguia ser autor de minhas dedicatórias. “Meu abraço amigo”, e olhe lá. Me lembrei dos cartões com mensagem já pronta, que abarrotam a estante de papelarias.

Mas noite de lançamento de livro meu é uma festa para mim. Muito prazeroso (re)ver tanta gente. Desde uma tia, que testemunhou meu nascer, até amigos que ainda não encontrara pessoalmente. Amigos de colégio, de universidade, do Face, ex-alunos, todos eles reavivando minha memória. Sim, também os ausentes já deste mundo, mas presentes em mim, na saudade e no coração, a começar pelos meus pais. Uns goles de um bom vinho mitigavam o cansaço e certa ausência de criatividade. O que ouvia era de peso humano muito mais expressivo do que conseguia dizer e escrever. Muitos dos que entravam naquela livraria – clara, aconchegante, sentado eu entre livros e CDs e DVDs – não avaliam, talvez, como são importantes para eu não querer deixar de caminhar pela vida, enquanto é tempo... Vários outros amigos não puderam mesmo ir.

Uma pediu ao marido, meu amigo também, para marcar presença; outro, ao contrário, levou a família; um outro se fez acompanhar da mulher grávida, que eu ainda não conhecia...

Julgo que foi a minha noite de autógrafos mais alegre. Sensibilidade aflorada, carinho e afetividade que pareciam deixar aquela livraria envolta numa dimensão outra: de as pessoas estarem, naquele espaço, irmanadas pelo gosto de compartilharem o sentimento da amizade, do afeto, ali reinante.

Não, não posso silenciar sobre um fato muito expressivo bem presente nesta noite de autógrafos: a preocupação da maioria dos amigos de colher pelo menos uma foto minha com cada um deles. Nem sempre a foto saía lá muito do agrado. Então, era o pedido para outro ou outros cliques, até que a foto, enfim, correspondesse à expectativa idealizada. Comparecendo a outras noites de autógrafos, constatei a mesma tendência: obter fotos com o autor ou a autora. Não sei, mas me está parecendo que se caminha sim para noites de fotos, com estas se tornando mais importantes do que os autógrafos. Não lembrariam mais o evento, autor e convidado lado a lado, com a exibição do livro lançado?

Um amigo que esteve presente ao lançamento do meu livro de crônicas me telefonou no dia seguinte. Rapaz (gostei!, há quanto tempo não ouvia me chamarem assim, mesmo sabendo do sentido com que ele empregou tal forma de tratamento), como você consegue atrair tanta gente para uma noite de autógrafos? Rede social, não? O Facebook, com certeza. Minha resposta foi tola, evasiva... Queria mesmo era partir para outro tipo de conversa, ou mesmo desligar o telefone. Não tinha pensado sobre tal e senti certo desconforto do meu interlocutor: nunca consegui fazer um lançamento com tantas pessoas. Vou entrar para o Face!

Desfeito o contato telefônico, me vejo pensando na indagação do amigo. Quem fica autografando não tem a noção do número, sequer aproximado, das pessoas presentes. Certo, vi que havia uma fila constante, mas avaliar o "tanta gente" não dá. Mas... admitamos o "tanta gente". Sem dúvida, o Face ajuda muito na divulgação-convite de um evento. Todavia, o Face é apenas um instrumento, entre outros, de promoção. De outros meios me vali para contatar com amigos, conhecidos. O convite é apenas um convite. Passei, puxando pela lembrança, a rememorar pessoas que estiveram presentes à livraria de Botafogo, na noite anterior. O mundo acadêmico – ainda mais sendo eu aposentado! – dificilmente explicaria um comparecimento de "tanta gente". Familiares, conhecidos daqui e dali, também não, como também não registrara um comparecimento expressivo de facianos. Depois de um levantamento maior, esticada a memória, se delineou um quadro bem visível para mim: meus ex-alunos, de todas as idades, de todos os tempos e lugares, é que me garantiram o "tanta gente", de que me falou o amigo, naquela noite feliz. Que descoberta óbvia, disse para mim mesmo: eles não lhe dizem que você é mesmo professor? Que, ao o lerem, se lembram das suas aulas?

E agora, cronista? A sala de aula apagou, as turmas sumiram. E agora, cronista? Tudo acabou, e tudo partiu, e tudo desapareceu. E agora, cronista? Não, não, na minha escrita continuarei a caminhar. Antes de mais nada, preciso estar atento à principal tarefa do escritor: seduzir o leitor, valorizando estilo, atmosfera e tom. Toda interação humana não é, na essência, um ato de sedução? Confio, assim, em que amigos-amigos e ex-alunos, na relação amorosa com muitos deles, vão estimular a minha escrita a sobreviver, não sendo utopia não, pois, manter a expectativa quanto ao "tanta gente", em possíveis, por que não?, outras noites de autógrafos, e fotos, ou será só de fotos?

Ser gauche na vida

"Poema de sete faces" foi o primeiro poema que li de Drummond. Por sinal, o poema que abre *Alguma poesia*, seu livro de estreia, em 1930, do "moderno e eterno" universo poético que ele viria a construir. Era eu muito jovem, com pouco, quase nenhum contato ainda com o Modernismo, muito preso, pela formação escolar recebida na época, aos cânones da literatura do século XIX. O Modernismo não tinha seu tempo, pois, quando este chegava, se estava no fim do ano letivo. Para alívio, acredito, de muitos professores que não o tinham assimilado ainda.

O poema se tornaria um dos mais conhecidos do itabirano, dos mais comentados, destaque especial para a frase poética: "Vai, Carlos! ser gauche na vida." Me chamando Carlos também, mais o verso me seduzia. O poema me instigava mesmo: nada a ver com o que tinha lido, até então, de poesia, na sua forma e, especialmente, no seu tratamento poético. "Anjo torto"; "conhaque" que bota "a gente comovido como o diabo"?... E, afinal, "vai ser gauche na vida", soprado por "um anjo torto/desses que vivem na sombra", era uma exortação para se cair na vida mundana? Me indagava na época. ("os homens/que correm atrás de mulheres", "O bonde passa cheio de pernas"/"Para que tanta perna, meu Deus, pergunta meu coração").

Estudante em colégio religioso, com a "culpa do pecado" (sobretudo aquele!...) sempre a me acompanhar, o verso me inquietava. Um padre, o professor de Literatura, me aconselhou incisivamente: "Não leia este poeta! É um convite permanente a uma vida desregrada, longe de Deus". Só faltou dizer: "É o Demo". Na verdade, era eu justamente, na época, um jovem homem, igual ao descrito no poema: "atrás dos óculos e do bigode", "sério, simples...", "Quase não conversa./Tem poucos, raros amigos". Um temente a

Deus, como também o do poema: "Meu Deus, por que me abandonaste/se sabias que eu não era Deus/se sabias que eu era fraco." Outros versos que do poema se tornaram conhecidos e comentados, "Mundo mundo vasto mundo/se eu me chamasse Raimundo/ seria uma rima, não seria uma solução", não me diziam muito, julgava apenas uma brincadeira, uma mera galhofa do poeta, da poesia modernista, começava a aprender. O que ficava mesmo me angustiando, em termos existenciais, era "Vai, Carlos! ser gauche na vida". E logo Carlos!

Com o correr da vida, passei seriamente a me interrogar: que vem a ser mesmo "gauche" na vida? Comecei a lhe atribuir um sentido bem mais abrangente do que o erótico: o de seguir a direção do vento de mudança. É, desvio da trilha, da trilha da minha vida. Pelo que o meu entendimento já alcançava, não me sentia propenso a desvios. Era, sim, "O homem atrás do bigode/é sério, simples...". Pouco determinado a romper paradigmas, fossem eles quais fossem: na família, na escola, na religião, na política, nas leituras, nas companhias... Arredio, tímido, não dado a polêmicas, entregue a minhas estranhezas existenciais, ficava a ver e a aceitar assustado quase tudo na vida, por detrás daqueles óculos que, desde cedo, me acompanharam, talvez para enxergar mais e melhor os outros, e menos a mim. Me sentia, e em largo tempo da minha vida, um daqueles seres que não aceitam, por princípio, mudanças, certamente porque as temia, já que poderiam vir a alterar conceitos e conhecimentos consolidados. Medo do caos, da perda do cosmo. Me via, me sentia assim. Mas nada satisfeito comigo.

Não posso assegurar, porém sempre julguei que o ingresso na faculdade (Curso de Letras) foi me soltando as amarras deste posicionamento existencial fortemente redutor. Se respirava um ambiente mais maduro, se conversava mais sobre quase tudo, se opunham ideias, se falava em autores e leituras várias, professores (nem todos, nem todos) com um lastro cultural invejável a me abrirem a cabeça, a me estremecerem preconceitos arraigados... Um novo mundo, é certo, me ia sendo apresentado. Fui deixando de representar "o homem sério, simples" do poema, para ir me tornando "forte", a lidar com as controvérsias, a acatar a diversidade de opiniões e, o mais importante, a começar a me posicionar, a dizer concordo, não concordo, a assumir os textos que escrevia para os professores, já me sentindo quase um autor, com minhas próprias ideias.

No convívio com os colegas, meu desembaraço e mesmo certo desassombro cresciam, a ponto de até, algumas vezes, quererem saber minha opinião sobre certo assunto. Com as aulas de Literatura Portuguesa e Brasileira e de Linguística, muito especialmente, eu me afastava daquele jovem estudante aferrado a uma longa tradição cultural, eivada de preconceitos. Despertado era agora para o Modernismo, e mesmo para outras leituras de autores de momentos estéticos distintos, e também (enfim!) para a descoberta da ciência da linguagem, deixando o estudo desta de ser um redutor código de impedimentos, que a empobrecia e que me travava a expressão verbal, mormente a escrita.

Sim, com certeza, me surpreendia, tinha consciência, ia me tornando um Carlos bem diferente, que adquirira a postura de um ser rebelde, disposto a investir contra tabus culturais, sociais, morais, muito fortes, dominantes na sociedade, a seguir determinado, pois, o vento de mudança. Sem dúvida, um gauche na vida, pois o que me importava então era me manter fiel às minhas convicções, SER EU, não me submetendo, em meu novo modo de ver o mundo, de nele viver, aos paradigmas prevalentes, antes, me insurgindo contra eles, fossem de uma norma social bem opressora, ou de preceitos morais muito sedimentados, ou mesmo de uma orientação política de mais força.

Nada fácil se assumir como gauche na vida, é certo, ainda mais com um passado marcado pela insegurança, pelo medo de se mostrar diferente. Quantos artistas, por exemplo, pagaram um preço muito alto por se apresentarem, e não abrirem mão disso, como gauche para a arte de seu tempo. Van Gogh, meu pintor preferido, foi um fracasso: não vendia seus quadros. Poderia ter pintado quadros "mais bonitinhos". Entre nós, ser linguista era ser gauche, nos anos de 1950 e de 1960. Tudo isto é, até certo ponto, sabido. Não é difícil apontar um escritor, um arquiteto, um pensador como gauche no seu tempo. Mas é muito difícil ser gauche na nossa condição de homem quotidiano, sempre coerente ao nosso eu ideológico, às nossas posições ante a vida tão plural. Ter coragem é preciso.

Ser gauche na vida tem lá suas dificuldades, exigindo quase sempre discernimento para lidar com incompreensões de toda ordem. O gauche, muitas vezes, tem a solidão como companheira... Mas me fez sentir mais coerente com a vida e comigo. Como ter me dedicado à Linguística, em pleno reinado da Filologia e da Gramática Normativa entre nós, até mais recentemente, ao passar a escrevinhar crônicas (deixou de ser linguista?).

A escrita de crônica

Ao escrever um livro de crônicas, longe estava de saber quantas surpresas me estavam reservadas. A escrita ensaística, a que pratiquei durante toda uma vida, me conduzia por caminhos bem outros. Nesta, o que se visa a compartilhar com os leitores, interessados em assimilar novos conteúdos, novos argumentos, novos métodos, em certo campo de estudo e de pesquisa, é o conhecimento interiorizado, sempre com consistente fundamentação. As consultas bibliográficas se fazem frequentes, demoradas tantas vezes, se sucedendo, emperrando a escrita, à espera de informações que devem se articular num todo organizado, coerente e atualizado. Redige-se, termo bem apropriado ao gênero ensaístico, com todo o rigor, pois, com recorrentes citações, além de um zelo permanente com o emprego de uma linguagem prestigiada, adequada a esta forma de discurso. Não pode faltar, também, quase sempre, o recurso à separação em tópicos, capítulos ou não, sem falar no trabalho com o levantamento bibliográfico, segundo as normas mutantes da ABNT. E ainda as notas de rodapé ou no final do artigo, do capítulo, a depender da orientação editorial.

A criação ficcional me arrastou a um outro mundo, tanto na temática quanto na linguagem. Muito mais livre passei a me sentir, sem saber, por isso mesmo, o resultado textual a que, em diversas situações, estava sendo conduzido. Isto mesmo, na passiva! Começava a escrevinhar sem um rumo, a devanear... Nem título da crônica me passava pela cabeça. O que, evocando uma mangueira, queria eu transmitir? Não sabia mesmo. Ao escrever é que, a partir de certo momento, iria começar a clarear para onde o texto ia me levando, mesmo assim sem vislumbrar o final da narrativa. No ensaio, o conhecimento precede a escrita; na ficção, o conhecimento vem com a escrita. De modo que há muito de estranhamento, também para o autor, no processo ficcional, o que o torna um fazer particularmente sedutor.

Ao estarmos cronista, aguça-se a atenção do ser observador que há em nós, como que se fica à espreita do que tem potencial (uma conversa, um abraço, um filme...) para, se bem trabalhado, servir aos propósitos do cronista.

Mas a linguagem de que se vai valendo é um exercício que fascina, em que se saboreia, às vezes, palavra por palavra. Para quem escreve uma crônica – minha experiência narrativa para por aí – o barato está menos no que se escreve, tantas vezes um episódio banal, porém muito mais no jogo linguageiro, que se manifesta através de recursos diversos. Posso sentir mais agora, como autor, a importância que assumem os comentários ou observações feitos a propósito das escolhas idiomáticas de que me vali na escrita das crônicas. Não é que perceberam minha intenção expressiva ao optar por tal ou qual seleção verbal ou construção sintática! – exclamo com indisfarçável alegria. A valorização da palavra se faz sentir fortemente quando se começa a adentrar no campo literário. Escrever passa a ser um exercício das virtualidades da linguagem, a busca de novos sentidos, de combinatórias lexicais inesperadas. Foi com que mais me deleitei na escrita das crônicas, agora reunidas em um livro.

A preocupação com a linguagem passa então a ser mesmo bem outra, manifestada desde o emprego dos sinais de pontuação. Se recorre mais às reticências, aos pontos de exclamação e interrogação, sinais mais conotados com a emotividade. Folheio, ao acaso, e vou anotando esta minha nova liberdade expressiva: o neto "mergulhado lá em seu milk-shake"; "Chegava, às vezes, a temer o meu carro agonizando em estado terminal!..."; "Gosto de shoppings menores. (...) Menos gente, mais gente"; "Fui encaminhado a uma 'personal' da voz"; "Atualmente, com os meus médicos mais que estáveis, garantidos por uma espécie de cláusula pétrea, ainda corro o risco, *data venia*, de ter contato com outros mais". O certo é que, sem nos valermos de uma linguagem "outra", ainda que não recorrendo à utilização de palavras e construções de variedades linguísticas menos prestigiadas socialmente, a narrativa, que se pretende literária, não alcança o seu intento estético. Mas a presença do coloquial, do popular, do marcadamente regional, exige sempre um trabalho de elaboração, de reflexão, sobre o emprego de recursos da língua a serem utilizados. Afinal, com que propósito expressivo se fizeram presentes? Uma vez usados, com a palavra o leitor.

O querer bem

Se observada com mais atenção, ela escondia, no fundo de seu olhar, uma quase imperceptível, mas constante, nevoazinha de tristeza. Nesta é que me fixava, por ela é que me inquietava e me interrogava, tentando saber – onisciência só – o seu porquê. Afinal conhecia bem aquela amiga, há muito tempo, embora só espaçadamente trocássemos confidências. Sonhos, frustrações, esperanças, ressentimentos, conquistas, temores... tudo transbordava de nós espontaneamente, através de falas e de gestos abertos, apoiados na pura essência de nós mesmos. Confiança, cumplicidade.

Vez por outra, com jeitinho, lhe perguntava sobre aquela nevoazinha presente em seus olhos. Ela ria, ela disfarçava. Era um flash, não passava disto, em nossos colóquios. Um dia, ousei mais: só eu lhe faço esta indagação? Que me lembre sim... Devo ser então o amigo que mais se empenha em observá-la. Riu também, ria sempre com suas covinhas nestas situações em que nosso companheirismo se esforçava por estreitar-se mais ainda. No entanto, a cumplicidade tem lá seus limites. O outro é um outro.

Difícil assimilar esta noção de limites. Não é amiga? Por que estes mistérios, então? Confia ou não confia? As dicotomias, o maniqueísmo. Ser ou não ser. Mas a privacidade de cada um, mesmo de um amigo sempre vizinho, é para ser preservada, ou se perde a individualidade, a unicidade. Na prática, desenham-se, muitas vezes, situações difíceis. Posso insistir nesta pergunta ou é arriscar em nossa relação tão irmã? Como a indagação que dirigi à minha amiga. Por que esta tristeza tão bem guardada? Ou, com suavidade, tentar passar para a pessoa querida um desconforto meu? Até quando falar ou até quando me policiar? Parece que, mesmo com amigos, temos de nos policiar. Direito de manifestar *versus* direito de privacidade?

O certo é que minha amiga nunca se abriu comigo sobre a tristeza que se refletia em seu olhar. O que me levava a divagar. Aquela paixão talvez silenciada, mas ainda vivida por ela. Será? Entra-se, assim, no terreno da curiosidade, terreno em que o nosso ego toma as rédeas da relação. Afinal, o silêncio, o riso fugidio já não eram respostas expressivas à indagação que dançava tantas vezes nos meus encontros com a amiga, a sua contradança? Ela, certamente, percebia em mim qualquer sentimento ou atitude constante de curiosidade. Por formação, ou por que seja, receava me invadir com prováveis, para ela, impertinências. Me parecia que tinha um recato que eu não alcançara. Será isto mesmo? Situação complicada, que complicamos, isto sim. Visto de outro ângulo, um mero caso da diversidade da gente humana, e de gente humana que trilha o caminho do querer bem recíproco, respeitados os silêncios e as vozes dos personagens, que vão dialogando e se amando no palco da vida.

Eis-me em Copacabana

Nela não nasci, mas nela vivi a maior parte da minha vida. Só perto dos trinta anos, procedente de bairro da zona norte, tipicamente de classe média, com perfil bem conservador, casadinho de dias, é que vim a descobri-la, procurando conhecê-la aos poucos, na sua diversificada paisagem física e humana, convivendo cada vez mais íntima e prazerosamente com ela, a vaguear, de início, por suas avenidas, ruas, praças e galerias, sem direção prévia, na tentativa apenas de ir absorvendo o espírito nela reinante e o dos seus moradores.

Não eram mais seus cartões-postais que me encantavam, mas a vida que nela este seu recente morador poderia almejar. Copacabana, com que novo mundo me presentearia! Seu ainda desconhecido personagem perambulava por toda uma extensa área, com seus enfileirados edifícios a contraporem-se ao mar ondulante ao longo do bairro.

A visão de Copacabana que ia se delineando para mim em muito diferia da narrada na famosa crônica de Rubem Braga "Ai de ti, Copacabana", que deu nome a um dos seus livros, em que retrata a boemia do bairro, a sua destruição pecaminosa, sempre com o seu conhecido e insuperável humor. Na verdade, ao longo dos anos de 1940, 1950 e 1960, a noite boêmia do Rio, com suas dezenas e mais que famosas boates, pertencia a Copacabana. Meu retrato é bem outro, de uma Copacabana de outra época e de uma vivência completamente diferente (não notívaga, não boêmia).

Afinal, a vida em toda a cidade do Rio de Janeiro se transfigurava em quase tudo a partir, sobretudo, dos anos de 1970 e, a seguir, cada vez mais vertiginosamente. A sociedade, em que se passou a conviver, nos chamados tempos modernos, assumia hábitos, valores, formas de relacionamento e de lazer muito outros.

Copacabana se integrava mais à cidade, com abertura de túneis e do metrô, propiciando ligação rápida com quase todos os bairros. Passou-se a dizer que em Copacabana há ônibus para qualquer lugar. Sua população só podia crescer significativamente, vindo também nela a habitar, em seus morros, grandes conglomerados de pessoas, para ficarem próximas ao local de trabalho.

A estranheza de morar em Copacabana, perto da praia, que, desde garoto, me fascinava, deslizando, gostosamente, meus pés pelas suas areias então branquinhas (uma delícia), foi, de início, natural. Agora, nela residindo, veria pouco o mar, ainda que sentindo sempre a sua presença. A luta pelo pão nosso de cada dia. Trabalhava muito, em locais distantes, com família para zelar, afora as horas necessárias a meus estudos. O primeiro impacto certamente foi este: Copacabana não era apenas uma praia! Passara a ser o meu viver diário, com todas as diversas tarefas que o dia a dia nos exige.

Certas mudanças para um copacabanense novato eram para ele se sentir meio perdido. A começar pelos pontos de referência. Parecia me encontrar em outra cidade. Na verdade, não era? Onde estava a banca de jornal, a farmácia, o mercado, a papelaria, o correio...? Como estes e outros pontos de referência são indispensáveis à nossa rotina! Também os nomes das ruas próximas, como os dos novos vizinhos. Mas, rapidinho, rapidinho, tudo passava a ser dominado.

Mais difícil mesmo era absorver o clima do bairro naqueles meados dos anos de 1960. Certos choques naturalmente inevitáveis para um ex-morador da zona norte, de um bairro defensor da tradição e da família, dos "bons costumes", das "boas maneiras"... Neste, as pessoas formavam, penso, uma comunidade mais homogênea na maneira de ver o mundo e de nele viver. A própria maneira de falar em Copa, como ia sendo chamada (a redução dos nomes se tornara uma tendência da língua), era diferente, mais desabrida, mais livre, com menos mesuras. Não, que não se julgue que passei a renegar minha origem tijucana, que me viu aprender as primeiras letras até as de mais prestígio, num curso específico dedicado a elas; que me conheceu menino moleque de rua até o engravatado professor a ir e voltar das aulas que ministrava; que, enfim, dela só partiu pela mudança do estado civil, a marcar a outra etapa de sua vida. Ah, Tijuca, Tijuca, como esquecê-la, apagar as lembranças dos tantos anos que me acolheu em seu regaço?

A primeira maior estranheza por que passei em Copacabana foi ao ir à feira, num domingo, em rua vizinha à minha. Em domingo ensolarado, a feira era uma fugidinha rápida antes de muita gente tomar o caminho da praia. Mas o que chamava a atenção deste novo copacabanense era ir esbarrando nas moças já com seus biquínis, ainda recatados, diga-se, se confrontados com os atuais. Todos percorriam as barracas dos feirantes na maior naturalidade. Alguém parecia me sussurrar: trate de olhar para as frutas, os legumes e as verduras, seu ZN! Este estranhamento foi apenas o lance inicial para, com o tempo, ir assimilando uma característica fundamental do bairro, cada vez mais escancarada: a aceitação das pessoas como elas se apresentassem. Poucas perplexidades. Convivência com o diferente, o exótico, o que se prestaria ao risível... Copacabana me foi ensinando isto: aceitar as pessoas como elas andam por suas ruas, lojas e na praia, evidentemente. Nesta, o topless, em pouco tempo, já não causava tantos comentários, só aqueles olhares...

Um bairro de densa e bem diversificada população, em que se entrelaçavam vivamente transeuntes de segmentos sociais muito distintos, com comportamentos e modos de vestir díspares, sem espantos nem ridicularizações. Certamente, foi esta, com o tempo, a maior lição que recebi deste novo mundo, em que já habito há mais de quarenta anos. A aceitação do diferente, o acolhimento do inesperado. Copacabana é, assim, de toda gente, como passou a ser minha. Violência, prostituição, sobretudo noturna, caos no trânsito, e tantos outros problemas, tudo está presente num bairro populoso, que abriga um comércio extenso, apinhado de lojas que tudo vendem e que servem aos mais e menos abastados.

Copacabana não é uma ilha paradisíaca, mas uma pequena cidade, inevitavelmente com seus transtornos. Mas viver em Copacabana, sobretudo em rua sem comércio e de árvores frondosas (ah, que beleza as árvores da minha rua à noite!), me transmite sossego, sossego sim!, mesmo perto da agitação reinante no bairro, coroado, a cada final de ano, como o centro do mundo. Nela tudo de mais importante tenho por perto. Copacabana, com um grau maior de aceitação do diferente, me seduzia cada vez mais.

Levar meus filhos, que nela nasceram, ainda bem pequenos, à sua praia, num percurso curto, foi uma das maiores alegrias que o bairro poderia me proporcionar. Começo de uma nova vida, curtida a princesinha do mar até hoje por toda a família. Copacabana minha e de toda gente que pede sua generosa acolhida.

Bandeira branca, amor

Com sol de assustar (haja protetor solar, e mais chapéu, e mais óculos escuros, e mais ânimo), procurei começar a minha caminhada hoje, um domingo de Carnaval, pelo calçadão de Copacabana mais cedo, um mais cedo nada madrugador, fique claro. E a preguicinha matinal? E a leitura do jornal? Na véspera, o calor me tinha deixado meio nocauteado, com repouso num quiosque e água de coco. Nesta manhã, senti a diferença das horas e a menor intensidade do rei solar. Menos gente também. Só não prolonguei meu caminhar, pois penso sempre que há a volta.

Foi uma manhã prazerosa. Quase logo no início desta minha atividade aeróbica, comecei a escutar um som que contemplava as marchinhas de antigos carnavais. Não sabia, de início, de onde vinha o som, que tinha seu volume aumentado à medida que me aproximava de um enorme caminhão, de certo contratado para tal incumbência: alegrar os passantes com músicas de carnavais bem distantes no tempo, a maioria da época de minha infância e juventude. Muitas dessas músicas presentes ainda, eu sei, nos blocos numerosos dos carnavais atuais, constituindo multidões muitos deles, tornando as avenidas e ruas do Rio um transtorno, não se vá negar, para tal mobilidade urbana.

À medida que me avizinhava do caminhão, usufruía a alegria de estar ali ouvindo as marchinhas do meu tempo, relembrando-as, uma após outra, todas as letras guardadas em minha memória. Uma ligeira nostalgia me envolveu também: ah, os carnavais que brinquei! Não foram poucos. O espírito era mesmo este: brincar, sem nenhum combustível, apenas água e algum refrigerante da época. Sim, não esquecendo o lança-perfume, com que me divertia lançando seu jato nas colombinas, havaianas, odaliscas... Muito bom o folguedo.

Mas, nesta manhã, ocorreram cenas que me comoveram, um deixa a vida me levar. Primeiro, um pequeno grupo de senhorinhas, as quais, desde o momento que passaram a escutar as músicas de seus carnavais, se puseram a cantá-las, sem que interrompessem sua caminhada, apenas em passos mais lentos, não deixando de sambar. Em seguida, no instante em que fiquei ao lado do caminhão cantador, duas outras senhorinhas, bem senhorinhas, não se contiveram e pararam para cair na farra, com seus trejeitos e balancês de arrancarem aplauso. Meu aplauso isolado (havia ainda pouca gente na pista rumo ao posto 6) se limitou a parar a caminhada e ficar apreciando gostosamente as duas carnavalescas. Tive a nítida impressão de que, ao se sentirem com plateia, trataram de caprichar mais nos seus requebros e de afinarem mais suas vozes. Pude então ouvir, acompanhando-as baixinho: "Você pensa que cachaça é água", "Ó jardineira, por que estás tão triste", "Linda morena, morena/Morena que me faz penar", "O teu cabelo não nega mulata", "Daqui não saio/Daqui ninguém me tira", "As águas vão rolar/Garrafa cheia eu não quero ver sobrar", "Quem parte leva saudade de alguém/Que fica chorando de dor"... até tocarem, e as senhorinhas, com seus braços levantados, alcançavam, cantando, o auge de sua emoção (eu também): "Bandeira branca, amor/Não posso mais/pela saudade que me invade/Eu peço paz".

Aproveitei o "eu peço paz" para encerrar esta breve, inesperada e comovida participação momesca. As senhorinhas ficaram ainda a viver o seu carnaval de ontem e de hoje, e eu recomecei a caminhar, sem perceberem as pessoas, que comigo cruzavam, o estado de espírito deste folião aposentado, embora não esquecido dos carnavais já tão distantes que viveu, sempre sob o império da deusa alegria.

O Facebook

Eu sei, eu sei, muita gente já escreveu e tem escrito sobre o Facebook. Nele mesmo li textos interessantes sobre o próprio. Um, recente, de autoria de um amigo, escritor de rara sensibilidade, de fina percepção na leitura das coisas deste mundo, e do virtual, claro. Creio, contudo, que tal evidência não é impeditiva de eu, que me arrisco aqui há uns anos com minhas mal traçadas linhas, não poder ou não dever dizer alguma coisa, por repetitiva que seja, sobre esta concorrida rede social. Afinal, quase sempre há uma maneira de se expressar diferente, própria, ainda que não mereça a admiração dos leitores, sequiosos, muitos deles, de serem seduzidos por uma linguagem que os deixe em estado de encantamento. Longe, muito longe, estou de pretender encantar com minhas observações sobre o Face, traduzidas por meus rabiscos. Mas a vontade de escrever é maior do que meus receios de nada praticamente dizer de original, de sedutor sobre este espaço virtual, em que acumulei um número expressivo de amigos. Quando o desejo de escrever bate mesmo, não há como segurá-lo, sob pena de se ficar numa inquietude só, que toma conta da gente.

Quem é meu amigo no Face? – eis a indagação que logo me fiz. Pus-me a consultar bem rapidinho a lista dos nomes das pessoas que compartilham da minha amizade e, assim, das postagens. Diria que é amplo, bem amplo, o espectro das informações e opiniões manifestadas, o que julgo positivo num mundo tão polarizado como o que estamos vivendo. Contudo, ao serem focalizados campos como o político, sobretudo, e o religioso, a polarização se faz presente e, pior, frequentemente na base de discussões agressivas, a que não faltam xingamentos.

O grupo flagrantemente mais numeroso dos meus amigos facianos atua no magistério, pois sou mesmo razoavelmente conhecido (mera pretensão minha?) pela longa militância docente, pouco sabendo, diria, estes amigos facianos, de como me situo politicamente, se professo uma religião... A gente se abre é com amigos-amigos, que são poucos. Portanto, não me solicitam os colegas minha amizade por uma expressiva afinidade com a minha leitura do mundo, da sociedade, em suma, pelos ismos que mais apregoo, que mais me identificam como ser humano. De sorte que é fácil constatar que mesmo muitos conhecidos, e os desconhecidos naturalmente, buscam a amizade virtual comigo sem saberem como penso mais abrangentemente. Que homem quotidiano sou eu, com minhas opiniões, reflexões, desejos, frustrações...

Tenho, então, no Face, um grupo formado por colegas do magistério superior, no qual atuei tantos e tantos anos, tendo vários sido antes meus alunos. Mesmo neste grupo pode ocorrer apenas conhecimento do professor, do companheiro. Outro grupo, bem mais numeroso, é formado por ex-alunos, sobretudo por pós-graduandos dos últimos anos, os que antecederam a minha aposentadoria. A admiração pelo antigo professor falou certamente mais alto aqui no "solicito sua amizade". Gostava das aulas dele, gosto do que escreve sobre o ensino, deve ter sido decisivo. Este grupo, muitos de seus integrantes, me sugere a colegas. Vale a pena, peça a amizade dele – fico imaginando que a escolha do meu nome cresce assim através deste boca a boca virtual.

Quando, justamente no Face, pus-me a escrevinhar diferente, a crônica, um outro grupo foi se constituindo e ampliando: os atraídos por estes novos textos, uns tantos amigos evidentemente já ligados a mim pela atividade docente. Mas muita gente desconhecida passou a querer a minha amizade, mesmo porque abri um blog com textos variados. Nunca fiz proselitismo político, religioso... em sala de aula, que não é lugar para qualquer pregação ideológica. Somente os alunos que tinham uma convivência comigo fora do espaço escolar chegavam a me conhecer mais integralmente, ou seja, assimilavam minha filosofia de vida, que não deixa de estar esboçada, em alguns de seus postulados, nos textos que venho escrevendo aqui no Face.

Fico atento a cada solicitação de amizade. Quem será esta pessoa que quer manter contato comigo? Ah, temos amigos em comum! Tudo bem. No entanto, pedidos vêm ocorrendo sem que haja estes amigos em comum. Resolvi perguntar ao desconhecido: por que quer minha amizade, mera curiosidade? – desculpe.

As respostas se concentraram num ponto: porque gosto de como você escreve e sobre o que escreve. Tal enunciado parece sintetizar as respostas mais frequentes, manifestadas embora através de formas com alguma variação. Tive, e venho tendo, surpresas sobre os autores dos que me solicitam trocar mensagens.

"Gosto do seu jeito de escrever, de ser", foi uma resposta que me surpreendeu. "Jeito de ser"? Mesmo assim: ótimo, fico contente, minha nova amiga. Tal resposta veio de uma adolescente de 16 anos de uma cidade do interior do Maranhão. Como rejeitá-la da minha página? A resposta me cativou, a partir do interesse da adolescente pelo meu texto. O número de amigos está crescendo mais por causa das crônicas que tenho escrito, sobre assuntos vários, corriqueiros, sem que a Linguística esteja evidentemente presente, a não ser bem quietinha, pois inseparável de mim. Os mais diversos facianos, em seu perfil cultural e em sua procedência geográfica, mostram-se interessados em participar desta rede social como amigos meus. Estou agradando, sussurrava para mim, tomado já de certa vaidade, inevitável, não é mesmo?

Na construção dos textos, elejo um fato como núcleo, a que vou salpicando observações pessoais, sem esquecer umas pitadas de humor. Ah, como o humor é importante! Ele dá um sentido transformador ao texto. Chega a tirar o leitor da calmaria de sua leitura. Lhe dá uma sacudida, capaz de espantar-lhe aquela sonolência que ameaça dominá-lo.

Não se pode, falando sobre o Facebook, passar sem registro que o que predomina de longe, em relação aos contatos entre meus amigos, mas creio que é ocorrência geral desta rede, é a prevalência do "curtir". Poucos "comentam" ou "compartilham". "Curtir", na verdade, é mais rápido, descompromissado, expõe menos o leitor, do que "comentar". Tudo muito compreensível neste mundo apressado, sem tempo para o diálogo, que vai rareando, pelo menos aquele diálogo verbal sem prazo, em que não se nota o passar do tempo, quantas tulipas de chope consumidas no bar, os atalhos sinuosos tomados na conversa. O "Adeus à linguagem", tese defendida por Godart em seu último filme?

Mais recentemente, uns poucos (e bons) escritores e eu, com minhas croniquetas, nos encontramos. Pessoalmente, só conhecia um. Como fluem as nossas conversas. Encontro de sensibilidades, diria. Retorno, de certa maneira, a uma das paixões de minha vida: a conversa, através da onipresente linguagem falada.

Nos textos do Face fico saboreando o estilo de certos amigos, os recursos expressivos, sobretudo os inesperados, que podem causar estranheza aos leitores menos leitores, pouco afeitos a uma maior utilização dos recursos previstos pelo sistema da língua.

Os facianos procuram com frequência manifestar todos os sentimentos por que estão tomados ao postarem suas mensagens. É este mundo revelador de estados de espírito, momentâneos ou mesmo constantes, que mais me prende na leitura de cada texto. Sim, há informações úteis veiculadas, porém estas podem ser colhidas em outros espaços.

Como você pode ficar perdendo seu tempo com tanta baboseira, com postagens tão tolinhas no Face? – me perguntam. Ora, uma rede social não é para refletir a diversidade da vida social e cultural em que vivemos? Assim como seleciono as pessoas com quem convivo de perto, assim no Face me prendo mais à leitura das postagens que me tocam mais, que aguçam mais o meu interesse, curiosidade e sensibilidade.

Mas o Face não deixa de retratar uma marca do nosso tempo: a ausência de debates civilizados, mormente no tocante a certos campos da vida social, como se constata no terreno político. Não há, a não ser excepcionalmente neste campo, fundamental na estruturação da *urbs*, trocas de pontos de vista ou de ideias, e sim o desejo ególatra de fazer prevalecer um ou outro ponto de vista, como se o outro ponto de vista – já que vivemos uma época maniqueísta – representasse o atraso, a falta de conhecimento elementar, e tome recriminações, xingamentos!

No último período eleitoral, alguns facianos não admitiam que não se votasse no seu candidato. Se esqueciam do grupo diversificado de amigos que figuravam na sua página, muitos convidados por eles mesmos. A baixaria, a falta de respeito ao outro, à sua maneira de ver e entender o jogo das posições políticas, se tornava às vezes insuportável, reflexo de um autoritarismo que proclamam abominar. Passaram dos limites para minha leitura.

Confesso que, para continuar no Face, tive de excluir alguns amigos, pois seu radicalismo obsessivo passou a me incomodar: este não aceitar o outro na sua integridade, que é não aceitar as opiniões dele, suas crenças, suas opções, seus ideais.

O viúvo impaciente

Embora com fisionomia que conservava traços de um senhor não avançado na idade, seus cabelos, encaracolados, eram todos tomados por um grisalho bonito a contrastar com sua pele morena. Mostrava-se ágil, forte, ao mesmo tempo que simpático, aberto a um bate-papo. Era um eletricista, que tinha ido à minha casa resolver um problema em meu escritório. Morro incompetente neste campo, como em outras encrencas que vão surgindo no dia a dia em nossas moradas: um ralo entupido, uma rosca afrouxada, um fio desencapado... Só troco lâmpada queimada. Que belo exemplo de chefe de família. Mas isto existe ainda? De qualquer maneira, me sinto meio inútil em casa.

Mostrando-se o seu José aberto a uma conversinha, e como cada vez mais gosto de trocar umas ideias com gente humilde (a música com este nome chego a cantarolar, baixinho, às vezes, por ser uma das que integram o meu cancioneiro particular), pois desta gente obtenho informações e relatos de experiências saborosas, uma visão de mundo, em suma, bem diferente da minha e do meu grupo social, que nem sempre se mostra assim tão humilde...

O certo é que, em breve tempo, seu José e eu estávamos na maior prosa. Comecei com as perguntas esperadas: onde ele morava, condução que tomava para o trabalho, se sempre foi eletricista... Ele ia respondendo, subindo e descendo uma escada, para alcançar a luminária, que eu queria que fosse trocada.

A certa altura, já se mostrando à vontade com seu patrão provisório, me disse que teve uma vida dura, mas feliz. Era um dos sete irmãos, tendo de ir à luta bem cedo. Olhando para os livros de minha biblioteca, sem se mostrar lastimoso, me segreda: – mal tive um deles nas mãos, nem nas ideias. Mas, graças aos fios, tomadas, estas coisas, sabe, pude até formar minha família. Procuro sempre aprender o que vai surgindo de novo. Me julgo um bom eletricista. Não é o que sou? Então, devo ser bom. Cliente, não me falta não. Sábado e domingo não trabalho. A patroa e os filhos reclamam. Bem que eu gosto. Saber que gostam da gente, que querem a nossa companhia, quem não gosta, não é mesmo? Jogo até minhas peladas com os filhos. Eles me passam umas descomposturas quando erro muito, esquecendo da minha idade e da minha pança. Mas é sempre uma festa. E não deixo de ser eletricista nos fins de semana, afinal, minha casa carece também de uns consertinhos. A alegria é maior quando meu pai vai passar o domingo com a gente. Ele mora em um bairro bem afastado. A narrativa fluía, merecendo toda minha atenção. Meu pai, doutor, tem 86 anos. Danadinho ainda. Como assim? – indaguei. Nem lhe conto. Já ficou viúvo quatro vezes! Viúvo mesmo, sempre tendo casado de papel passado. Nossa! – lhe disse eu. Matou alguma? – brinquei. Não, doutor. Todas morreram de doença. Ainda brincando: e ele pretende se casar de novo? Sim, sim. Aí é que está o problema da família. As mulheres, algumas ficam meio enrabichadas, acredita?, mas quando sabem que ele enterrou quatro, fogem dele. Tá difícil, patrão. Fica ele lá, no seu sítio, bem espaçoso, triste, reclamando que ficou sem uma companheira. Nada de querer morar com filhos e netos. Quer uma mulher lá naquela lonjura. Meus irmãos e eu até que tentamos ajudar a ele, falando com algumas senhoras que, quem sabe, pudessem aceitar. Nada. Estar sempre como viúvo foi se espalhando. Morremos de pena dele. Pode adoecer de solidão. Anda mesmo desanimado, tem vindo visitar menos a família. Parece um caso sem solução. Não, claro, pelos 86 anos do pai! Isto não, eu vejo ele como um jovenzinho esperando a noiva.

Seu José tinha terminado o serviço da minha luminária. O tempo passou rápido com o relato sobre o pai dele. Se mostrava realmente preocupado, sem saber o que fazer com aquele homem que não deixava de ficar viúvo. Para este problema, as ferramentas do eletricista eram impotentes para lhe dar a luz.

O menino e o mundo

Rafael tinha dez anos. Pouco falava perto de pessoas adultas, só se mostrava espontâneo junto da mãe. Com outras crianças era como qualquer delas, descontraído, leve, mesmo quando de nível social acima do dele. A depender só delas não haveria as discriminações que marcam fortemente a sociedade adulta. Morava numa destas comunidades do Rio, dominada pela insegurança e pelas precárias condições de habitação bem conhecidas. Frequentava uma escola municipal, sem lograr um aproveitamento sequer razoável. Lia e escrevia quase nada. Não tinha apoio em casa. Mas como ter? A família vem falhando, não vem fazendo a sua parte com os filhos, é um comentário muito frequente nos dias que correm. Me flagro indignado ante tais declarações. Parece que autoridades educacionais e parte expressiva da sociedade estão brincando com a opinião pública. Como pais analfabetos (e são tantos e tantos!) podem ter condições de auxiliar as crianças em seus trabalhos e pesquisas escolares? Os pais ricos auxiliam, em geral, sim, pagando professores particulares. Rafael não devia passar o dia na escola, onde então seria orientado pelos próprios professores em seus estudos? Um professor devia atuar em uma só escola, pública ou particular. Como querer que um menino venha a ampliar seus padrões sociais diversos dos da sua família e vizinhança, se, no seu dia a dia, o convívio com a escola não ultrapassa quatro horas?

Mas Rafael tinha uma velha conhecida da sua família, antiga professora primária, que o viu nascer e que se tornou sua madrinha, uma segunda avó. Periodicamente, lá ia Rafael passar o dia com a madrinha, que residia num aprazível condomínio, com piscina e quadra de esporte, oferecendo toda a segurança e o estímulo à camaradagem com muitas crianças. Tal situação iria mexer com a vida dele, e muito. E da madrinha também. A afeição entre eles só fazia crescer. Passados uns dez dias, lá estava o Rafael telefonando para esta avó, dizendo-se saudoso (dela e do condomínio). Um tio então o levava à casa da avó-madrinha. Passou ele a se sentir cada vez mais à vontade, como se fosse morador daquele prédio. E já não seria? A madrinha tinha de sair algumas vezes, e Rafael optava, certos dias, por ficar brincando com os amiguinhos que já fizera. Se mostrava responsável, a merecer assim a confiança da sua amigona. Iam, uma vez ou outra, ao cinema. E lá os dois podiam ser vistos devorando aqueles sacos gigantes de pipoca. O escurinho da sala de projeção desfaz qualquer diferença de idade.

Num dado dia, a madrinha tinha de ir a um enterro. Pois não é que Rafael quis acompanhá-la? Você já foi a algum enterro? – lhe perguntou a madrinha. Sim, respondeu o menino. De quem? De meninos da comunidade. Sabe, lá, de vez em quando, morre um. De quê? De doença. E como se sente nestes enterros? Sabendo que não vou mais ver aquele colega, brincar com ele...

Deste modo, cada dia a madrinha ia se conscientizando que seu afilhado participava de dois mundos, mas não lhe faltou a lucidez de que os dois eram importantes para Rafael ir conhecendo melhor o planeta, com suas diferenças, modos distintos de viver, de participar da vida, cada um com seus projetos, sonhos... E aproveitava muitas oportunidades para lhe apontar estas diferenças, sem nenhum intento de desprestigiar a vida da comunidade em que ele morava, mesmo porque o menino gostava muito também da vida que levava com a mãe, com os companheiros que lá tinha, se sentindo conhecido e amado por tanta gente.

A madrinha ia se dando conta, com a convivência com o afilhado, de que as diferenças entre os dois mundos de Rafael apareciam a quase a cada instante: na maneira de comer, de se portar, sobretudo na de falar...

A princípio, incomodada com a sua expressão verbal, a madrinha tinha o impulso de ficar corrigindo o menino a toda hora:

Rafael, não fale assim, não se diz isto, o certo é... Refletindo, começou a ficar constrangida com esta sua atitude de educadora, que, na verdade, se aplicava a todo o comportamento de um menino que vivia em uma comunidade. Mas a fala do menino é que mexia mais com ela. Afinal, a fala identifica logo uma pessoa socialmente. Excelente experiência, bem concreta, para uma educadora. Começou então pela linguagem a pensar mais em como agir com compreensão e sobretudo com proveito para a vida social dele. O caminho lhe pareceu claro: menos repreensão e mais observações cuidadosas acerca da palavra do afilhado, sem alimentar preconceitos (a comunidade inteira em que Rafael morava falava errado?), mas também sem ignorar que a fala estigmatiza muito (Rafael seria certamente estigmatizado ao se expressar em comunidades outras, frequentadas por pessoas de nível social mais culto). Ele, na verdade, não tinha de se envergonhar de como sua comunidade falava, mas era importante que ele viesse a dominar outras formas de dizer, adotadas fora de sua comunidade, a do condomínio de sua madrinha, por exemplo.

A madrinha se irritava, por exemplo, quando Rafael, com frequência, dizia "aquela mulher". Não diga isto: é "aquela senhora". Forma bem mais polida para segmentos sociais de educação mais refinada. Mas, para a comunidade de Rafael, não ocorriam talvez distinções sistemáticas entre tais formas de tratamento. Difícil explicar isto para o menino. "Nós vai", assim falava o menino. Assim deviam falar muitos da comunidade dele. Rafael: eu falo "nós vamos", como os daqui do condomínio. Desta maneira, estarei falando sem causar estranheza a ninguém do prédio e de muitos outros lugares. Uma questão de você praticar, ficando mais atento. Não seria bom você ir se habituando a dizer também assim? Qual a vantagem? Em lugar nenhum, meu filho, esta sua nova fala causará certo mal-estar. Sabe, Rafael: falar como as pessoas que têm mais estudo falam será sempre bom, você nunca causará estranheza. Mas se você falar como as pessoas de sua comunidade, esta sua maneira de falar, em muitos outros lugares, lhe renderá, de certo, comentários como este: coitado, o menino não deve ter estudado quase nada! Portanto, meu filho, há uma maneira de falar própria dos que nada ou pouco estudaram, geralmente sem culpa alguma destas pessoas, que, pela vida difícil que levavam, não tiveram como frequentar uma escola. E há uma maneira de falar própria das pessoas que estudaram mais. Com esta segunda maneira, qualquer pessoa poderá se expressar, sabendo que não vai ser motivo de reprovação. Mas guarde isto, para ficar bem claro, Rafael: a maneira como pessoas, seus colegas da comunidade, falam está bem, dentro da comunidade ou entre comunidades muito parecidas quanto ao nível de estudo de seus moradores. Por fim, rapaz, a gente aprende também a falar de outro modo, fora da escola, com outras pessoas, que não pertencem à sua comunidade. Trate, pois, de aproveitar estas suas vindas aqui para perceber um pouco como as pessoas do prédio falam. Além, claro, de suas vindas aqui aumentarem nosso carinho um pelo outro, você não acha?

Onde estão os defuntos?

Um amigo costuma repetir que na vida tudo pode acontecer, tudo mesmo. Hoje em dia então... A tecnologia, por exemplo, nos exibe feitos de que até Deus duvida. Não é que atualmente, ante o desconcerto do mundo, para as minhas convicções mais arraigadas, para as minhas cláusulas pétreas, me inclino a concordar com a opinião do amigo? Não, não pensem que vou tecer sérias e preocupantes considerações sobre algumas das mudanças sociais, culturais, tecnológicas... mais comentadas a que temos assistido em nosso planeta, nas últimas décadas. Não se entendiem precipitadamente.

Os dois casos a serem narrados são até bem simplórios, mas mostram, no dia a dia, como reações pouco prováveis, na linha do tudo na vida pode acontecer, acontecem mesmo. Como controlar as nossas reações em todas as ocorrências quotidianas? Episódios embaraçosos momentaneamente, por exemplo, para certas pessoas muito certinhas, podem vir a ser oportunidades, digamos, para ouvirmos gostosas gargalhadas destas mesmas pessoas, para espanto delas mesmo. O que não era para acontecer aconteceu... e acabou por ser assimilado e comentado como uma se uma piada fosse, vencida a sensação do embaraço.

Pois bem, os dois casos, simplórios, que me caíram na memória narrativa se passam no mesmíssimo lugar, em épocas distantes: um conhecido cemitério da cidade do Rio de Janeiro. Em um dos lados dele, há um prédio com várias capelas para os velórios. Puxa vida, comenta um atento leitor: até que enfim apareceram palavras relacionadas com o título da crônica! Agora, certamente, os defuntos chegam! Calma, leitor meu, a narrativa é assim mesmo, não se organiza corridinha, se não, em muitos casos, o narrador pode não alcançar o segundo parágrafo. É preciso pensar um pouco a vida, os seres humanos, com mais vagar e abrangência, para, ao final, se ter um texto mais elaborado, que não se reduza à retextualização de um mero bate-papo, a uma conversinha de comadres. Ainda mais, defuntos podem esperar, embora, às vezes, não tanto, não tanto, como se verá.

Em dia já bem afastado, falece um amigo meu. Duas colegas da universidade também eram suas amigas. Combinamos, então, os três de nos encontrar para ir ao velório, pouco tempo antes do horário do sepultamento. Minhas duas conhecidas, mais velhas do que eu, eram pessoas de fina educação, disciplinadas (não serem pontuais, nem pensar), jamais descambavam para qualquer atitude ou linguagem que pudesse ser avaliada como inadequada. Acertamos o encontro: um lugar perto das capelas. Atrasei-me uns vinte minutos. Pedidas as desculpas de praxe (o trânsito, lhes disse, estava um caos – talvez só para mim!), nos dirigimos para a capela onde estava sendo velado o amigo, situada no segundo andar do prédio. Ao lá chegarmos, uma surpresa: o caixão já saíra rumo ao sepultamento. Meio perplexos, nos dirigimos a um funcionário do cemitério, indagando-lhe o que tinha acontecido. Foi velado sim nesta capela – olha o nome do falecido ali naquele quadro –; se deu o seguinte: a filha que vinha da Espanha chegou e, como a viúva não estava passando bem, ainda mais com este calor, a família decidiu antecipar, por alguns minutos, o sepultamento. Mas os senhores ainda pegam o cortejo. Olhem, é aquele que vai lá na frente, fila comprida. Tratamos nós três de nos apressar até alcançarmos a tal fila.

Logo, logo, assimilamos aquele ar compungido que baixa sobre as pessoas neste momento. Não conhecíamos ninguém da família. Eu, há algum tempo, fui apresentado à mulher do amigo, mas não me lembrava mais dela. O cortejo chegou ao jazigo. O corpo foi sepultado. Cumprimentos de pêsames à família. Ao chegar a minha vez, disse para a viúva que sentiria muito a falta da companhia do marido lá na faculdade, nas reuniões, nos nossos bate-papos... A viúva manifestou de imediato a sua forte estranheza: que faculdade e que reuniões? Meu marido não era professor de nenhuma faculdade! Meu marido se chamava João Pedro, nunca falou no nome do senhor, e era empresário (por isso um enterro tão concorrido).

Ao narrar para as duas amigas o sucedido, pois elas não tinham feito nenhum comentário com a viúva, ficaram surpreendidas, sem graça mesmo. Não tínhamos tomado o cuidado de confirmar com alguém da fila o nome do falecido. Simplesmente, tínhamos tomado, por indicação do funcionário, a fila errada. Caminhamos de volta para o portão do cemitério, tomados pelo sentimento de incredulidade. De repente, uma das amigas, já idosa e muito recatada, se põe a rir, melhor, a gargalhar, sem que pudesse controlar esta sua manifestação tão espontânea, mas que devia chocá-la um bocado. Pessoas passavam rente à gente, e aquela senhora, vinda de um sepultamento, a gargalhar ali. Seu rosto, ela muito branca, mais parecia uma pimenta. Minha outra amiga e eu rimos também, não só para oferecer nossa solidariedade a ela. Na verdade, seria divertido, como negar?, narrar para alguém o que acabáramos de passar, pois soaria sempre como piada: certa falta de cuidado nosso resultaria em viver uma situação inusitada, para acabar em uma gostosa e irreprimível gargalhada, a chamar a atenção dos passantes. Quem disse que defunto espera sempre os amigos no dia do seu velório? Às vezes, se retira antes até da hora.

O segundo caso ocorrido no mesmo cemitério teve lá também a sua jocosidade. Um amigo e eu fomos ao velório de uma colega. Você viu bem o número da capela? O Jorge me disse com segurança pelo telefone. Entramos na capela meio cheia. Ninguém que conhecêssemos. As pessoas, entretidas, entoavam uns hinos religiosos. Meu amigo, com dificuldade, mesmo sem conseguir chegar ao lado do caixão, dirige seu olhar para a defunta. Rapidinho, retorna e evita olhar para a minha cara. Já fora da capela, me olha de maneira bem esquisita. O que foi? – pergunto. Devíamos ter conferido o número da capela. Não era a Rachel? Claro que não. Tem certeza? – às vezes a fisionomia do defunto fica bem alterada. Até acontece, mas a Rachel de bigode seria demais! Não dava para aguentar: um acesso de riso se fez ressoar pelo corredor que margeia as capelas. A atenção de tantos presentes se fixou, de pronto, em nós dois, dois homens de idade, com toda a aparência de respeitáveis, que parecia terem ensandecido. Dois bêbedos, como pode? Logo aqui. Que época se está vivendo! É, na vida, tudo pode acontecer mesmo. A partir de cada um de nós.

A bengala amorosa

Ontem, dei a primeira saída acompanhado apenas por minha bengala, dentro da programação do pós-operatório da cirurgia do meu segundo joelho, portador de uma artrose qualificada. Uma expectativa só: medo, insegurança, rigidez corpórea... "Você só não pode cair", sentenciou enfaticamente o médico, além de outras recomendações esperadas.

Lá fui eu, então, atentíssimo, a vencer os buracos e os desníveis das calçadas com as outrora decantadas pedras portuguesas. Cuidado com tanta coisa mais: postura, manejo da bengala em sintonia com o meu caminhar... E não é que o olhar de muitas pessoas se detinha nos bengaleiros? A curiosidade para o diferente. Estes não são poucos, pelo menos pelas bandas de Copacabana. Dá para distinguir nitidamente os mais experientes, em que a bengala já parece uma terceira perna, dos novatos, ainda tensos, meio assustados. Recebia sorrisos simpáticos de compreensão (comiseração?) para a minha situação. Fui sendo surpreendido por pessoas que abriam exageradamente espaço para eu passar tranquilo, encontrei gente que, generosamente, se oferecia para me apoiar na subida e descida de uma escada rolante. Amigos, cruzei com três companheiros que, ao passarem por mim, levantaram suas bengalas, certamente uma forma de saudação que desconhecia. Pronto, eis-me pertencente a mais um grupo, afinal, não deixo de estar sendo convidado, dialogava comigo mesmo. Claro que há bengaleiros depressivos, cabeças para baixo, passos miúdos. Devem ser os bengaleiros sócios remidos do grupo.

O certo é que, nesta primeira saída com minha bengala, eficiente, e até mesmo simpática, diga-se a bem da verdade, depois de alguns dias preso em casa, me pareceu que seres humanos (uma surpresa!) mostravam-se solidários com os deficientes. Na minha atual condição física, este sentimento manifestado me fazia muito bem. De solidariedade é o que eu carecia. Vou até sair mais vezes para me sentir assim abraçado por pessoinhas sensíveis, como a nos acolherem em seus colos.

Minha bengala, companheira inseparável nestes dias de minha volta à vida, passou a ficar impossível, depois que se passou a falar na PEC da Bengala. Falam de mim em todos os lugares, foi me dizendo. Tenho aparecido com destaque em manchetes de jornais e revistas, noticiários televisivos, redes sociais, conversas em bares... Não é mesmo para qualquer um. Documento importante, apoiado por uma lei, se aplica a desembargadores, ministros, em suma, a altas autoridades, gente que decide sobre a nossa vida, para o bem e para o mal, se expressando numa linguagem que não entendo, mas sei que devo respeitar. Portanto, me ponderava a bengala, trate de não ficar me desconsiderando por aí, como ontem no restaurante, em que ia sendo esquecida num canto, se não fosse o lembrete daquela sua amiga.

Sou agora então, continuando sua fala toda cheia de si, alguém que merece respeito. Tenho gente poderosa ao meu alcance, gente que, dia mais, dia menos, vai precisar de meus préstimos, quando chegar a certa idade, para prosseguir em seu alto posto.

Resolvi depois de hesitações, deixa para amanhã, deixa para depois de amanhã, sair hoje sem a bengala, que se mostrou excelente companheira, atenta, gentil, competente em todos os dias que dela precisei, sobretudo para dar minhas voltinhas. Afinal, sempre fui rueiro e um rueiro independente. Prezo mesmo muito a minha liberdade. Quando estou sozinho, nas ruas, num cinema, num restaurante, onde quer que seja, usufruo da minha companhia, pois não me sinto mal acompanhado por mim mesmo, em minha maneira de viver e conviver atualmente.

Bem complicado ter de comunicar à minha companheira que não sairia mais com ela. Fiquei perdido com as palavras a serem empregadas em situação delicada. De qualquer modo, ela sofreria por estar sendo rejeitada. Disse-lhe que ficaria no meu escritório, de onde pudesse olhar para ela, fazer-lhe agrados, continuaria minha companheira. O que não esperava foi a ciumeira que lhe bateu. Está com outra, né? Jovenzinha, certamente. Que bobagem, repliquei. Não estou simplesmente precisando, neste momento, de uma companheira como você para sair comigo, a fim de me dar segurança, apoio. Você foi uma amigona. Jura que não há outra? Juro, respondi já meio impaciente. Então, tá.

Eduardo Coutinho, homem que sabia ouvir

Nutro uma admiração muito especial por alguns intelectuais brasileiros, humanistas que se dedicaram ou ainda se dedicam a campos bem diversos de estudo e de pesquisa, por aprofundarem a minha leitura do mundo e do país. Um deles acaba de nos deixar, e de maneira muito dolorida: Eduardo Coutinho, o nosso mestre dos documentários. Quando um destes meus diletos intelectuais se vai, o vazio me preenche, me sinto órfão. Se bem que sempre há a possibilidade, nesta perda, de rever e transver seus filmes, ouvir a sua voz, rouca e na surdina. Com a marca de sua apurada sensibilidade.

Neste domingo, a Revista O Globo publica uma interessantíssima e oportuna matéria sobre o nosso talentoso cineasta, reportagem que recebeu o feliz título "Retrato falado por quem foi ouvido", no caso, as opiniões sobre ele de alguns de seus numerosos personagens.

Eduardo Coutinho foi, antes de tudo, um homem que sabia ouvir, uma arte, sem dúvida, que parece ir se rareando na chamada insistentemente era da comunicação. Nela, a capacidade de ouvir se atrofia num movimento oposto à de falar compulsivamente, sobre tudo (de si próprio, de preferência, conquistas e problemas) e sobre nada. Fala-se muito, diz-se pouco. Os diversos documentários de Coutinho, que ajudam a fazer entender melhor o Brasil, ouviram um sem-número de pessoas de uma enorme diversidade social (das prostitutas às crianças), que ficavam inteiramente seduzidas por ele, com suas perguntas simples, para poder cada uma, livre, contar a sua própria história, sem se desmerecer, pois, afinal, dizia ele, não há "impulso maior no ser humano que o interesse de ser reconhecido e escutado". Quem já não viveu uma situação em que não se sentiu um anônimo, não lhe restando senão ficar calado?

A matéria da Revista O Globo apresenta tocantes depoimentos de pessoas a quem ele entrevistou, daquela sua maneira solta e, ao mesmo tempo, cuidadosa. Um verdadeiro mestre na condução de uma conversa. "O Coutinho deu importância à minha história", confessa uma senhora moradora do edifício Master, em Copacabana. Não se pode deixar de pensar sobre e de pesar o valor desta declaração. Me lembrou o que falou uma mãe analfabeta, reconhecendo o trabalho da professora com a turma de sua filha: "Esse jeito" de "ponhá grandeza na fala da criança levô ela longe". Que importa o dialeto em que tal reconhecimento é manifestado? Qual a importância disto ante o valor do testemunho tão espontaneamente prestado? Outra moradora do Master: "Ele foi muito paciente. Escutou o que eu tinha para falar, não exigiu nada de mim. Poder contar a própria história é uma felicidade". E não é mesmo? Ainda de outra moradora: "O Coutinho me fez falar de algo que estava apagado. Eu achava a vida muito chata. Quando botei aquilo tudo para fora, achei que a vida passou a valer a pena. Senti que eu era uma pessoa que valia a pena". Contar a própria história, quantos de nós terão a oportunidade de fazê-lo, mas não perdendo a noção de valores humanos transcendentes que povoaram a existência corrida de cada dia.

Pois este homem excepcional, que soube ter uma vivência tão humanamente rica, com todas as dificuldades que enfrentava, nos deixa assim carentes de sua presença em um mundo tão pouco propício a ouvir a todos nós. Seu velório e sepultamento atraíram um grande número de pessoas, na maioria gente humilde, anônima. Chegou a ser aplaudido por uns dez minutos, desde a saída do seu corpo da capela. Aplausos a quem tinha deixado falar livremente a muitos dos presentes (atitude rara), aplausos a um homem que sabia ouvir.

O homem biônico

Numa mesa de restaurante, um homem de certa idade, acompanhado de dois companheiros, confessava seu desânimo naquela quadra da vida. Dava bem para escutar a conversa deles. Quase ninguém pelas mesas, movimento bem fraquinho naquela hora avançada da tarde. Sinto meu dia a dia tomado por uma série de tarefas que acabam sendo uma chatura – falou. E a sensação inequívoca de decadência. Ao menos física... Se bem que a memória, certa vivacidade, a capacidade de adaptação às mudanças sofreram também um sensível declínio. Mas, Leo – era o nome do coroa – a alternativa que restava era bem pior, ou não era? – rebateu um dos amigos. Está você aqui, tomando chope com estes dois companheiros, contando coisas, o olhar vidrado de coruja nas gostosonas do pedaço, além de mostrar saber muito bem o que vai pelo mundo.

Sim, mas que é muito chato ter de cumprir tantas obrigações diárias desinteressantes, lá isto é. Comprimidos a tantas e tantas horas, exercícios para alongar e fortalecer as deprimidas pernas e a coluna premiada de artroses, idas a médicos de várias especialidades (algumas para lá de constrangedoras), os exames de imagem... fico, assim, com o meu dia todo tomado. Um saco! O nosso chopinho fica sendo coisa do céu. Nem gosto de ficar falando destas coisas, parecendo um hipocondríaco, mas, hoje, estou particularmente muito irritado com as tais tarefas. Todos nós caminhamos para estas aporrinhações, Leo, a menos que nos chamem antes, ponderou o mesmo companheiro. Você está bem, aberto para a vida, é o que mais importa. Por falar nisso, olha o morenão que vai passar por nós. À esquerda, à esquerda! Cuidado, está acompanhada. Olhos vidrados, hein? É isso aí... Garçom, mais três chopes aqui. Saudemos a vida, os amigos, as coisas mais lindas, mais cheias de graça, como a morena que passou, a praia e sua visão paradisíaca, a tulipa de um chope estupidamente gelado, falou o mais desembaraçado deles.

Estou rindo, com ar de gozação, porque me veio à cabeça a ideia de que, quem sabe, vivendo mais vamos nos tornando um homem biônico, moderno, se aventurou o Leo. Ora, eu mesmo, sem ter ainda idade tão avançada, já carrego comigo titânio em implantes dentários, em próteses nos joelhos, sem esgotar a lista. Por dentro, nossas peças originais vão sendo substituídas por metais. Vocês têm dúvidas de que outros metais, ainda pouco falados, vão aparecendo para podermos indo tocando a vida? Nem falo da aparência, já tão alterada de tanta gente, que parece que foi a um outro mundo e que voltou encarnando outros seres. Um preço sempre a pagar (alto tantas vezes) para se viver mais, até com pinos e parafusos, e com uma identidade a merecer outro CPF. Viver é preciso!

Toda a emoção do mundo

Uma velha amiga, boa conhecedora do meu eu, me fez outro dia, em conversa, este comentário: que bom que você se pôs a escrever crônicas! Fiquei em silêncio, aguardando uma continuação. Sim, os ismos da Linguística como que ocultavam parte essencial do seu ser, prosseguiu. Me entendeu, não é? Sei não... Ora, ora. Não sentia isso? Não te conhece? Mas sempre gostei da Linguística, de dar minhas aulas falando sobre a linguagem, seu valor essencial para o homem, seus mistérios, suas potencialidades. Me debatia à procura de princípios que bem fundamentassem a análise de um discurso. Não, não lhe estou negando nada disso. Imagine. Sempre reconheci, e você sabe disso, o rigor de sua fala dentro dos cânones acadêmicos, prosseguia desenvoltamente minha amiga-irmã na nossa conversa. Falo de outro mundo: afinal, você gosta de repetir que a emoção é que conta mesmo na vida, que o mundo sem ela é de uma pobreza só. É verdade, concordei. Claro, acrescentei, imagine só a vida sem a arte. E arte é emoção.

E você deixa transparecer isto tantas vezes para tanta gente, asseverou Carminha. Quem vai assistir uma segunda vez a um filme ou a uma peça teatral para ficar atento apenas, envolto pela emoção, sensibilidade exposta, ao desempenho de um artista, como aconteceu há poucos dias, revendo você o filme “45 anos”, para ficar em estado de encantamento com a atuação emocionante de Charlotte Rampling? Quem se comove com o Autran interpretando uma peça de Shakespeare ou mesmo recitando um de nossos poetas? Quem se comove lendo diversos poemas de alguns dos nossos românticos? Quem fica tocadíssimo adentrando numa igreja de beleza impactante como a Nossa Senhora do Carmo aqui do Rio ou se vendo frente a frente ante uma tela do Van Gogh? Quem se enternece quando ainda ouve Orlando Silva ou Maysa cantando?

Tocado já estava eu ficando ao ouvir a querida amiga Carminha me falando. Como ela me conhecia mesmo! Ainda bem que sempre valorizei as amizades, para poder captar a quase devoção de uma amiga, num momento como aquele. Para mim, também é arte cuidar dos amigos (de um que seja!). Zelo, disponibilidade, ouvidos sensíveis, divergências em harmonia... tudo e tanto mais requer arte. Seu discurso, Carminha, nestas horas, é quase sempre poético, não posso me conter. Não são os elogios, fique claro, que me mobilizam, mas a sua entrega ao amigo. Arte, arte sim, como não?

Entendo bem sim o que quer me passar com esta sua delicadeza. Rabiscando minhas crônicas, solto mais minhas emoções e minha linguagem. Quem me lê parece que vai conhecendo melhor o homem quotidiano que sou, não apenas o que ele sabe acerca de certo objeto de estudo. O ser humano que se alegra, o ser humano que se entristece, o ser humano que se realiza, o ser humano que se frustra, o ser humano que se mostra otimista, que se apresenta depressivo, o ser humano... Por isso, em situações de incontida emotividade, a fala mais tocante, mais pulsante, com presumíveis reticências, exclamações, interrogações.

Em certos momentos, Carminha, já me indaguei, e já me indagaram, se o professor não é um artista frustrado. Artista? Frustrado? Julgo que ele, no espaço da sala de aula sobretudo, pode ser um artista, artista mesmo. Nada de frustração. Um professor tem um texto para passar aos seus alunos. Deve antes adentrar nele, lê-lo, relê-lo, translê-lo. Para atuar como um artista, a sua fala será a de um personagem prenhe de emoção, valendo-se de todas as suas adequadas potencialidades de expressão, na altura e modulação da voz, na postura corporal e fisionômica, no olhar para a sua plateia, na intercalação de cacos de fino humor, na carga de sua manifestação psíquica e apelo, na crença, enfim, de que sua narrativa será da compreensão e do agrado de seus espectadores. Ou seja, se o professor estiver cônscio de que representa ali, naquele espaço escolar, um personagem, cujo papel é sensibilizar os alunos, a sua plateia, para o seu texto, escrito e reescrito, ainda que estruturado só mentalmente, ele, com certeza, comoverá muitos para a mensagem nele contida. Os alunos podem ter seus turnos de fala, abertos naquela cena, o que pode tornar esta representação mais carregada de emoção, pelo jogo interlocutivo do diálogo.

Minha amiga Carminha: não resisti a elucubrar neste instante. Me perdoe. Você me deixa tão à vontade. Quis reforçar sua posição quanto a este seu camarada: sou um emotivo sim. Costumo dizer que o que tenho mesmo são as minhas emoções. Por isso, sempre tive paixão por ser professor. Sim, via, desde cedo, o exercício do magistério como uma possível atividade artística. Nem sempre, nem sempre, me dirá você. Claro. As condições do ser professor impossibilitam com frequência a presença do ser artista. Que frustração, que coisa mutilante! Mas quando este tem condições de se fazer presente, o professor, finda a aula, parece ouvir aplausos dos alunos, e ele mesmo é todo emoção, ainda que disfarce. Carminha interveio: sempre senti como aluna – numa apreensão que foi ficando mais nítida com o correr dos anos – que um bom professor deve ser, em certa medida, um bom artista, não importa que disciplina lecione. Logo, a emoção, prossegui, deve estar presente em sua *ars docendi*, mormente em certos momentos da sua fala, de quem como que convida a plateia para um "vamos de mãos dadas".

Esta expressão está em Drummond, me disse logo Carminha. Eu sei, eu lembro. Você me remete de pronto ao poema "Sentimento do mundo" do poeta. Tenho sempre na lembrança os seus dois versos iniciais: "Tenho apenas duas mãos/e o sentimento do mundo". Vontade danada de ficar sempre de mãos dadas com as emoções que encantam este meu mundo, sabendo, todavia, que "meu coração não é maior que o mundo./É muito menor".

A mais que centenária Copacabana

Hoje, 6 de julho, Copacabana aniversaria. Conhecida mesmo a partir do século XIX, chega ao atual, muitíssimo bem vivida, e como!, tendo passado por transformações urbanísticas e culturais admiráveis nesta sua já longa existência, que a tornaram um bairro, cujo nome caiu na boca do mundo. A senhorinha alcança, no entanto, esta longeva idade cada vez mais sedutora (às vezes, irresistível), a atrair gente de tudo que é lugar, do país e do exterior, glamorosa, acolhedora, como um espaço físico e social a comprovar que na vida tudo pode acontecer, com alguns costumes acarretando, de início, reações e preconceitos de muitos que vagueiam por suas avenidas, ruas, lojas, restaurantes, cinemas, teatros... e praia, que tão famosa se tornou, não lhe faltando até uma curva a aguçar a sensualidade dos mais sensíveis olhares.

Na verdade, com o correr dos anos, Copacabana, uma praia, de início, quase inatingível, muito afastada do Centro da cidade, começa a ser mais falada com a construção do majestoso hotel Copacabana Palace, marco da história do bairro e cada vez mais imponente, referência fundamental dele até hoje. Sobretudo a partir dos anos de 1940, surgem suas boates famosas, frequentadas por uma elite, as quais acolheram, vindo nelas nascer muitos dos cantores mais importantes da história da MPB. Sua praia, com seus quatro quilômetros de extensão, foi recebendo uma população das mais variadas, até pessoas, num crescendo contínuo, que passaram a frequentá-la, vindas dos mais longínquos bairros, bem distintos em sua vida social, por isso nem sempre simpatizados por copacabanenses mais arraigados ao viver de outras épocas.

Não é de hoje que a nossa Copacabana, de uns bons anos para cá, se tornou o centro dos grandes eventos da cidade. Não nego que conheceu momentos de certo ocaso, cedendo mesmo seu protagonismo de bairro da zona sul do Rio para Ipanema e Leblon. Faz parte da vida de uma cidade. Sei bem que muitos moradores da orla, que pagaram fortunas pelos seus imóveis, com altíssimos IPTUs, chegam a se revoltar pela ocupação, quase sempre barulhenta, e pelo acúmulo de lixo em sua mais ampla, larga e bela avenida. É compreensível, afinal, deixam de ter aquela visão paradisíaca que se descortina de seus apartamentos, de muito prejudicada pela sucessão dos mais díspares festejos. Equipamentos altíssimos a garantirem o som, a iluminação... São passeatas com as mais diferentes razões: religiosas, grevistas, de protesto contra tudo ou de solidariedade a tudo... São shows de cantores, de orquestras e de balé mesmo. São bandas e mais bandas de carnaval. A vinda de um personagem importante, como a recente visita do Papa Francisco, centraliza-se na orla, congregando mais de dois milhões de pessoas. É claro que os que usufruem de uma janela na Avenida Atlântida são então, em alguns destes eventos, uns afortunados.

Mas a praia de Copacabana torna-se mesmo o centro do mundo a cada 31 de dezembro, com o seu réveillon conhecido por todo o planeta. Há, nesta festa de final de ano, uma multidão impensável tempos atrás, que já começa a se formar às vésperas, ocupando até seus arredores. Um outro mar, de pessoas, ao lado do das ondas, ambos em agitação incessante, como a festejarem a fruição da convivência da natureza com toda aquela gente, vinda até mesmo de longínquos espaços terreais. Todos se confraternizam ali, à espera do clímax da festa, a chegada da meia-noite: eis então a visão inesquecível do espetáculo de fogos de artifício a formarem no espaço desenhos inesperados, idealizações não previsíveis. Sem dúvida, uma das maiores festas do planeta Terra. Nos últimos dias de cada ano, me sinto tomado por um sentimento de regozijo, de certa estupefação mesmo, ao elucubrar que, felizardo, moro ali, bem no centro daquele enorme burburinho preparatório de uma festa que encanta a todos que conseguem dela participar e que acalenta o desejo de tantos outros, que veem este espetáculo por imagens filmadas, alimentando o sonho, um dia (quem sabe?), de contemplá-las ao vivo.

Em sua existência longeva, Copacabana sempre acolheu muita gente, brava gente, que vai nela vencendo o correr do tempo, prolongando-o, apesar das carências de toda ordem. A esta gente, mesmo àquelas com seus movimentos físicos restritos, oferece vários atrativos para ajudar a curtir, um pouco que seja, o tempo ainda de vida. Mas quem penetra na alma do bairro sente que ela sofre (não é só festa!), por não poder atender, remediar as carências, oferecer condições de um viver digno àquelas pessoas com tanta precisão. É muita gente, muitas as carências, parece que dela ouço muitas vezes a voz sofrida, em seus murmúrios lastimosos. Em sua agitação constante, não se pode, no entanto, deixar de ouvir esta voz mais íntima do bairro, tantas vezes embargada, com as carências destes muitos de seus moradores, filhos dela que se tornaram. Copacabana chega a ser pródiga em espalhar alegrias, mas sofre também, e não pouco. Para compreendê-la, é preciso saber ler sua alma, seus mais íntimos e delicados sentimentos.

O CTI

CTI (Centro de Tratamento Intensivo). Tem uma variante também muito utilizada: UTI (Unidade de Tratamento Intensivo). Uma, masculina, outra, feminina. Como deixaria de mencionar uma variante como esta, afinal, os linguistas estão sempre registrando, documentando as variantes das unidades da língua.

CTI ou UTI era algo de que muito ouvia falar, sem saber bem como era, como funcionava. Só sabia que ia para ali, em um hospital, quem estava mal, correndo risco de vida. Mas a vida, felizmente, por muitos e muitos anos, me foi poupando de ter de visitar um parente ou amigo que ali estivesse passando por uma grave enfermidade. Um ou outro conhecido comentava comigo que o ambiente lá dentro era barra pesada: poucos minutos para visitas restritas, os pacientes ligados a aparelhos e, ao mesmo tempo, quase sempre desligados da vida. Fulano está no CTI! Pronto, era de ficar alerta, a indesejável devia estar por perto. Os pacientes – me alertavam – ficavam quase lado a lado, em seus leitos de dor. Imaginava que era para eles, talvez, poderem se dar as mãos em certos momentos. Coisa de jovem meio mórbido, julgo hoje. Sicrano foi para o quarto. Notícia de alívio: seu estado tinha apresentado uma sensível melhora.

Mas o tempo passa, e eu não pude escapar de ter de adentrar, poucas vezes é verdade, numa UTI. Um amigo querido, um parente próximo. Na minha primeira vez, confesso que mal olhei para o doente, que, aliás, não estava em condições também de me olhar. Enfim, cumpri o que considerava um dever de solidariedade com o amigo. Missão cumprida. A uma ou outra incursão na UTI (quero usar as duas variantes) tive de me obrigar. Muitos parentes e amigos, como querer escapar desta prova de bem-querer? Acabei até por me acostumar, embora me detivesse pouco em observar o que se passava naquela unidade hospitalar.

Já com idade bem avançadinha, chegou a vez de minha mãe, bem idosa, ir parar no CTI. Visita dura, sofrida, tomada de medos. Pude atentar só então para os cuidados que qualquer visitante era obrigado a tomar para chegar ao leito do enfermo. Médicos me afiançaram que era a melhor UTI, espaçosa entre os leitos, muito rigorosa no cumprimento de suas normas de funcionamento, assistência médica eficiente. Podia ficar tranquilo. Sim, porque visitei outra UTI que mais me lembrou uma festa de aniversário, com os enfermos recebendo presentes, até guloseimas. Evidentemente os que se encontravam mais espertinhos, ao lado de outros que pareciam já defuntar.

Lá encontrei a minha mãe no último box (não é para gostar deste nome!). Coitadinha, muito agitada, começou a chorar, pensando que tinha sido abandonada pela família. Há tantas histórias de abandono. Ela não via os entes queridos. Dadas as explicações necessárias, se acalmou. Passou lá 11 dias. Mas teve uma reação surpreendente. Ao ter alta, fincou pé de que não queria sair da CTI. Afinal, por quê? Tão bem tratada estava sendo. Sair de lá, percebemos, lhe deixava insegura. Pela sua idade, realmente, recebia toda a atenção de médicos e enfermeiros, gente competente. No quarto, era a família, carinhosa sim, mas despreparada para urgências... Desta forma, minha mãe ficou sendo o primeiro caso, para mim, de doente que não queria sair da UTI.

Passados alguns anos, eis que chega a minha vez – até que demorou, não posso me queixar – de ir, não mais visitar, mas de ir para a temível. Mesmo hospital da minha mãe, mas com o CTI bem modificado, com mais privacidade para os pacientes, mas com atendimento, me pareceu, menos frequente. Verdade, o meu caso não era grave, só precaução pela cirurgia feita. Claro, de maca entrei, de maca saí. Fiquei sem noção do espaço, e do tempo, nem pensar. Vinte e quatro horas apenas, mas põe eternidade nisso. Uma sensação de solidão terrível. As visitas tinham dois horários.

Transcorriam, no entanto, bem rápidos tais momentos para mim. Que televisão, coisa nenhuma. Minha concentração era zero (será que voltaria aos seus níveis normais?). Os fantasmas me atacavam covardemente. E minhas pernas, que, por causa da anestesia, não se mexiam?

Chega a noite, me pareceu. Gente a sofrer, doentes a falarem alto, movimento grande da enfermagem, que não deixava, no entanto, de conversar, com algumas risadas até. Ofício duro, tinha de amenizar a função que lhe cabia, com muitos momentos certamente de tensão. Nada contra esta gente, humana gente.

O pior durante esta noite, só esta noite!, foram os ruídos e assobios emitidos por vários aparelhos, colocados nos pequenos quartos do CTI. Não pararam de disparar a noite toda. Não conseguindo dormir, como dormir com fantasmas que me tomavam a cabeça?, alguns enfermeiros iam lá conversar comigo, bater papo. Até que me distraíam um pouco.

Algumas vezes, ouvia uns aplausos. Não era um simples bater de palmas. Aplausos mesmo, a cargo certamente de uma só pessoa. Algum programa de televisão a entusiasmar alguém? Quem seria? Indaguei de um enfermeiro. Era um senhor, médico, internado ali há meses, que queria chamar a atenção da enfermagem. Mas chamava a atenção de todos. Haja aplausos!

Amanhecido o dia, era o que achava, sem ver o tempo lá fora e sem relógio, pedi, ao ser visitado pela família, que me tirassem de lá de qualquer jeito. Depois de confabulações médicas, obtenho meu alvará de soltura.

Antes de sair, uns enfermeiros foram se despedir de mim, com muita delicadeza. Uma mocinha chegou a me dizer estas confortantes palavras: "Que pena que o senhor se vai. Vamos sentir a sua falta. O senhor era o único paciente lúcido com quem podíamos conversar".

Ao ser conduzido na maca, ouvi os frenéticos aplausos do senhor, médico. Confesso que esqueci a causa real de tais aplausos e os considerei dirigidos para mim, por minha saída triunfante daquele espaço em que a lucidez não imperava. Só faltou me coroar como Rubião, personagem famoso do bruxo do Cosme Velho. Afinal, a um doente perdoa-se tudo.

O cadarço inconveniente

Me habituei a calçar quase sempre tênis. Sabe como é, a idade, com ela a necessidade de pisar com maior segurança por estas nossas avenidas e ruas esburacadas, desniveladas. Um perigo constante. E me dê eu por muito feliz de não estar preso a andadores, muletas e bengalas. Ficar preso só aos livros remonta a uma época muito feliz que ocupou uns bons anos da minha vida. Não que não saboreie mais estudar, devanear pelas obras da minha biblioteca. Isto não. Jamais me aposentarei desta atividade que me foi tão fundamental, não só profissionalmente, mas também para alcançar certa visão do mundo e de sua gente. Na verdade, só fui mesmo um linguista *full time* até me sentir mais ou menos seguro, ministrando cursos, proferindo palestras, cosendo uns textos... Neste período, perdi muita coisa, muita coisa mesmo. Desde, ainda jovem, as festas juninas às domingueiras dançantes, e a outras domingueiras. Viagens, nem pensar! Mas valeu, minha alma não foi pequena na obstinação de alcançar um lugar ao sol, de que pudesse, então, a partir daí, alongar minha vista para várias praias, cada uma delas mais sedutora.

Como é que, chegando a esta fase, digamos, madura da vida, vou me desligar de algumas delas, aquelas, naturalmente, de que ainda posso usufruir? E o tênis, não me esqueci dele, é que me conduz, quase sempre, a elas, me garantindo segurança nas minhas andanças. Ele e eu nos sentimos inseparáveis. Ao receber convite para certos eventos, vem-me logo a indagação: posso ir de tênis? Tenho um discreto para estas ocasiões, não vou fazer feio. Calça, camisa, tudo combinando direitinho com ele.

Com o tempo, depois de muita vacilação na escolha do tênis mais confortável, não desprezado o aspecto estético, me fixei em certa marca e modelo. Não alterno nunca, embora, eu sei, haja outros de marca mais valorizada no mercado das pessoas de fino trato e de finanças mais sustentáveis.

A marca e o modelo escolhidos apresentam um inconveniente que permitiu esta narrativa que, confesso, não sei se terá um fim merecedor da atenção dos seus raros leitores. O inconveniente do tênis está nos seus cadarços. Sim, nos cadarços. Estes acompanham as duas cores do calçado, confeccionados com um tecido muito escorregadio, que, com frequência, vai desfazendo os laços feitos. Então, não é raro estar eu com um dos tênis com o cadarço desamarrado. Andando por aí, me flagro muito com um cadarço solto. De início, delicados transeuntes me chamavam a atenção, afinal, podia eu ser vítima de um tombo, de consequências sempre imprevisíveis. Com o tempo, possivelmente por manifestar, sei lá, uma estrutura mais frágil, começa a ocorrer uma mudança de atitude dos meus companheiros rueiros.

Da primeira vez, me assustei mesmo com a ação de um homem, não tão jovem, que, numa bem conhecida galeria de Copacabana, sem dizer uma palavra, como que se jogando aos meus pés, se põe logo a amarrar um dos cadarços do meu insubstituível tênis. Fiquei estático. Nos dias de hoje, não era para ficar? Não, não deu tempo para pensar em nada. Despertei, quando o senhor, menos senhor que eu, quase que me repreendendo, soltou seu grito de alerta: o senhor não pode andar assim, é um descuido que lhe pode sair caro! Bateu em um dos meus ombros como para atenuar a veemência de suas palavras. Só tive voz para retribuir-lhe com um bem fraquinho "obrigado".

Em outra ocasião, um rapaz, ao se aproximar de mim, apontou para o meu tênis, fazendo-me ver que um cadarço estava solto, e, de imediato, se abaixou para refazer o laço. Agradeci-lhe muito, ao mesmo tempo que pensei: já passei da fase de me cederem o lugar no metrô para a de amarrarem o cadarço do calçado. Pelo menos, não posso negar, me sinto cuidado até por desconhecidos na rua.

De outra feita, sempre na mesma galeria, foi uma moça (!), de esplêndida aparência, a se abaixar rumo ao meu cadarço. Fiquei meio sem jeito, afinal, sou um cavaleiro à moda antiga. Mas este "antiga" é que certamente foi responsável pela delicadeza da jovem. O meu "meio sem jeito" ainda foi maior, porque a moça, ao se abaixar, exibia um generoso decote (eta clichê!), não sei se observado por outros passantes masculinos, que não costumam perder de vista estas oportunidades. Uns aproveitadores!

Pensando bem, nem tudo é perda para as pessoas com o avanço da idade. Transporte público gratuito, meias entradas em eventos, filas especiais para atendimento... e, agora, a certeza de que cadarços desamarrados são propiciadores de caminhantes, de educação esmerada, se lançarem aos pés de gente "amadurecida", para o prosseguimento de uma trajetória segura rumo à continuação de uma vida participativa. Por que, por que, mudar de tênis, sobretudo, de seus cadarços?

Um velho cinéfilo

Ainda criança já gostava de ir ao cinema, na minha Tijuca de então, conhecida pelas suas confortáveis, algumas belas, salas de projeção, que rodeavam a espaçosa e acolhedora Praça Saens Peña. Pessoas de outros bairros frequentavam o bairro para uma sessão no Metro Tijuca, no Carioca, no Olinda, no América. E tinha ainda um "poeirinha", como se dizia na época, o Tijuquinha, sem ar-condicionado, cadeiras duras, filmes de menor qualidade, entrada mais barata, não frequentado, assim, pela classe média do bairro. Não posso me esquecer das sessões matinais no América aos domingos: filmes de bangue-bangue, em geral, com um alarido fortíssimo da moçada, na torcida pelo mocinho. Meu hábito de ir ao cinema é, pois, antigo, põe antigo nisto! Me sinto fazendo história, o que, aliás, me flagro fazendo com frequência, de uns tempos para cá. Bom, no entanto, bom mesmo, que tenho coisas para lembrar e memória (ainda!) de muitas coisas antigas bem vividas. Tempos bem diversos: um funcionário do cinema, chamado de "lanterninha", a percorrer a sala escura para controlar a rapaziada: o cigarro aceso, o modo de se sentar (pasmem!) e mesmo alguns "amassos", como se diz hoje, mais avançadinhos. A lanterna sempre atenta a fustigar os malcomportados. A família tijucana era muito zelosa pela manutenção dos bons costumes. Bem vizinhas ao espaço dos cinemas, não esqueço, estavam lá duas igrejas, como guardiãs da moral e da ordem.

Não perdi o prazeroso hábito de ir ao cinema ao longo da vida. Diria que fui me adaptando bem aos novos costumes cinéfilos, no bojo dos novos costumes de uma sociedade que, vertiginosamente, se modificava em todas as suas esferas. Os filmes são bem diversos quase sempre, bastando para tal o aparecimento de notáveis cineastas, procedentes das mais díspares origens geográficas, com os mais surpreendentes intentos estéticos, com a focalização de temas antes impensáveis, com o valer-se de uma tecnologia jamais imaginada. Mas as salas de projeção mudaram muito também. Surgiram os cinemas nos shoppings, os cinemas avizinhados em "espaços", alguns, com muitas salas. Deste modo, muitos cinemas, de tão boa tradição em seus programas, se fecharam, para atender a um outro planejamento empresarial. Foi assim que os chamados cinemas de rua foram se escasseando. Os nomes antigos que permanecem não são muitos, mesmo assim se desdobraram em duas ou três salas de projeção. Não fiquem sem registro os cinemas que, ao longo de sua programação diária, apresentam diversos filmes. Em cada horário, um filme.

Visíveis as mudanças de hábitos dos frequentadores. Haja poder de adaptação para os cinéfilos velhinhos... Desde a compra dos ingressos, mais frequentemente realizada pela internet, com lugares já escolhidos. O que não resolveu a chegada atrasada de assistentes à sala, com o filme começado, sem mais se contar com a ajuda do "lanterninha" a orientar a fila e o lugar onde deve se sentar a pessoa ou as pessoas em atraso. Ontem mesmo, uma senhora, como perdida na noite escura, permaneceu uns bons minutos, ao lado da minha fileira, a tentar vislumbrar seu lugar. Dei-lhe um piparote verbal para tentar lhe mostrar que estava procedendo mal, no que ficou indignada. E filme que seguia, de trama parecia complicada. Mas outros hábitos se tornaram mais recorrentes, adotados não só por gente mais jovem. Não! De início, o cada vez maior saco de pipocas (olhem o sal, hipertensos da vida), numa das mãos, e um refrigerante na outra. Equilíbrio é preciso. Já vi casais que sustentam juntos o saco (de pipoca!). Só absorvo o aroma da pipoca – será que, como há fumante passivo, há paciente com PA aumentada de forma passiva? Como vou muito a cinema, passei a ficar preocupado, afinal, estou ingerindo muito sal, pelo menos pelo aroma. Outro hábito recorrente: pés descansados na cadeira da frente, estando esta vazia... Até que fica bonitinho um casal comendo um saco de pipoca em comum, com os pezinhos apoiados nas poltronas da frente. Bem tranquilinhos. Não é o que importa mesmo? Há também as conversas em voz alta até o início mesmo do filme. Como me interesso pelos *trailers*, fico olhando, nada delicadamente, para os falantes fora de hora. Meu olhar enfurecido não enfurece, e o bate-papo prossegue. A luz que se percebe vinda de celular não deixa de me incomodar. Entendo até: gente ansiosa, aflita por saber se alguém se lembrou dela e lhe enviou uma mensagem. Não dá para segurar todos estes novos comportamentos. Sei, venho de longe... velhos tempos.

Mas, pensando bem: se vive uma época que não é propícia para se adotar tudo o que vai surgindo. Se não, arrebenta coração. Não gosto de ver filmes pela televisão. Gosto mesmo do ritual de ir ao cinema: sair de casa, ver gente comentando sobre o filme, às vezes os comentários se prolongam até a um restaurante próximo, que reúne pessoas que viram aquele filme. As opiniões divergentes, as hipóteses levantadas, algo que passou quase despercebido... na companhia inseparável de um prato recebido com a ansiedade da gula, de uma tulipa de chope geladinho e daquele doce que, francamente, não nos deixa esquecer o jantarzinho dos sábados. A fim de impedir que brote qualquer sentimento de culpa gastronômica, fico dizendo para mim mesmo: uma festa estas minhas idas ao cinema, não é mesmo?

O taxista e o vernáculo

Chovia, mas, mesmo assim, não quis perder meu cineminha dos sábados. Tratei de pegar logo um táxi. O motorista se revela de pronto simpático, falante e... curioso. Puxou rápido uma conversa. O senhor é militar? Não, lhe respondi (por que diabos pensaria ele, tão rapidamente, ser eu militar?). Foi só para iniciar uma conversa, pensei. Sou professor universitário. De quê? De Português. Ih, o senhor deve então andar de cabeça pesada, porque estão acabando com a nossa língua. Devo falar agora "a presidenta", não é assim? Não, isto foi uma vontade da presidente. Viu, o senhor falou "presidente". Mas é como eu falo, a maioria das pessoas fala. Então posso falar assim, o senhor fala e não é um qualquer, é professor de Português. Sem erro, né? Sim, sem erro.

Imagine, pensei, se eu lhe dissesse que sou Professor de Linguística! O erro é relativo, há variedades em toda língua... Estaria no táxi até agora e teria certamente perdido o meu lazer.

O senhor não imagina como falam coisas erradas aqui. Imagino sim. Pobre língua, né mesmo? E tudo gente educada, de Ipanema e estes bairros de pessoas finas, de dinheiro. Calado fiquei, já impaciente. A fala dele traduzia o que as pessoas mesmo letradas pensam também. Estão assassinando o nosso vernáculo, proclamam com frequência. O que me irritava era manter uma conversa, naquela situação, num táxi, em cima da hora de começar o meu filme. Claro, longe estava ele de dirigir um pouquinho mais rápido, interessado mesmo que estava em prolongar aquele papo. Coitado, até que o interesse dele era de se aplaudir. Mas era hora?

E o senhor com seus alunos? Não fica às vezes um tanto maluco com tanta coisa errada que devem dizer? Não tanto, não tanto, afinal estou lá com eles para ensinar. E nada de chegarmos ao cinema. Me confesse dizendo a verdade, professor: cá entre nós, o povo é ignorante, mas o português é uma linguinha bem difícil, né? É sim, respondi, só para evitar o prolongamento de explicações acerca de um assunto que demandaria tempo, que eu não tinha. O ensino não é também essas coisas, disse só para aliviar um pouco o peso da minha consciência pela resposta evasiva que acabava de dar. Professor ganha mal, né verdade? Muito mal, lhe disse bem rápido, pois, ora, ora, chegávamos ao cinema, e eu bem tenso na luta contra o tempo.

Carro estacionado, lhe pago, me despeço com um apressado boa-tarde, pulo fora, sem nem esperar pelo troco. Ainda escutei seu agradecimento e a tempo de ouvir sua voz me perguntando: então posso falar "a presidente"? Correndo saí, na direção da carrocinha de pipoca da calçada. Um saco de pipoca doce, por favor.

O barbeiro sistemático

Bom sujeito o Alair. Atencioso, responsável, caprichoso no seu mister. Quando passa uns dias em sua cidade natal, me traz, invariavelmente, uma goiabada cascão sem igual. Sou seu cliente há anos. Nos consideramos amigos mesmo. Nunca pensei em o trair, embora, sabe como é, me dê às vezes a vontade de pular a cerca. Por nada não, apenas aquela curiosidade de como seria cortar o cabelo e fazer a barba com outro... Se tal acontecesse, ele, com certeza, perceberia que o tinha passado para trás com outro. Novo corte! Não tem ciúmes em relação apenas a mim como cliente, mas em relação a todos os seus clientes considerados fiéis. Não importa a idade, a condição social, a maneira de se apresentar vestido, a conversa mantida. Cliente seu é cliente seu.

Quando resolve tirar uns dias de férias, me avisa com antecedência: se o amigo puder vir aqui antes, eu ficaria agradecido. Era terrível para ele a ideia de eu ir ao salão, em sua ausência, e fazer cabelo e barba com um companheiro de trabalho. Mas, às vezes, isto acontecia, era inevitável, e ele, claro, ficava sabendo. Sempre tinha, então, uma palavra, nada grosseira, de crítica ao colega: seu cabelo foi muito tosado aqui deste lado. Vamos consertar isto.

Já com uma idade em torno dos setenta anos, continua a amar a única profissão que teve na vida. Nas raras ocasiões em que tirou licença para tratamento de saúde, me contava, em seu retorno, que ficar preso em casa tinha sido pior do que a cirurgia a que se submetera. Quantas traições, devia ficar imaginando meu sofrido Alair! É um bom hipocondríaco. Como mostrasse eu certos conhecimentos da *ars curandi*, com frequência me formula certas indagações sobre os seus achaques, que, naturalmente, aumentaram com a idade. Ultimamente, se apresenta sempre com uma dorzinha ou com ameaça de uma cirurgia ou com medo de estar ingerindo algum remédio. Na verdade, é ainda um homem válido, tendo seu pai chegado quase aos cem anos. Meu atento Alair é uma criatura altamente metódica, podendo mesmo ser identificado como um maníaco.

Desde que se chega ao salão, segue um ritual à risca. Oferecimento de um chazinho, o corte do cabelo à tesoura e, depois, do bigode, onde permanece um bom tempo: sempre mais um fio, mais outro, mais outro, que acho que só ele vê que está a mais, segue-se a retirada dos fios que afloram à saída das narinas. A mesma meticulosidade, o mesmo esmero. Não sem razão, pois, que fique com um cliente bem mais que o companheiro de trabalho ao lado, que atende, no mesmo período, perfeitamente, dois clientes. Nada, no entanto, o apressa. Muita personalidade. Esmero igual o faz dedicar-se aos pelos das orelhas. Todo o cuidado é pouco para nenhum fio escorregar orelha abaixo. A barba é um capítulo à parte. Minha pele fica uma seda. Quando termina, quase que me ordena, todo convencido: passe as mãos no rosto! Para eu testar a sua maciez. Esta sua frase já é tão conhecida, que os companheiros, quando desocupados, a repetem galhofeiramente no instante certo: passe as mãos no rosto!

Na sua tarefa, gasta assim mais de uma hora, se se trata de serviço completo: barba, cabelo e bigode. Metódico como é, natural que não goste nada de atrasos dos seus clientes. Marcado para às 10 horas, não tendo o cliente ainda chegado, bate-lhe certo desassossego. Apreensivo, fica a andar pelo salão, fisionomia fechada, sem querer papo, quando não vai para a porta à espera do retardatário. O salão se situa no final de uma galeria. Algumas vezes já me aconteceu entrar na galeria e vê-lo lá de longe, como me cobrando os minutinhos atrasados. Disfarça, porém, ao me aproximar, não seria, afinal, delicado da parte dele. Como vai esta força, Alair? Está me aguardando? Se desmancha logo em mesuras.

Sua conversa sempre se processa em voz baixa. Só vez por outra, puxa um assunto: nada de política, do custo da vida, da família, de futebol... Conhece bem os cantores românticos, até a pouco, ia a domingueiras dançantes. Orgulha-se de estar casado há cinquenta anos. Fala sempre na importância de saber administrar a vida, com o avanço da idade. Sabe, acho que está sabendo, dentro dos seus limites sociais, culturais. Meu barbeiro sistemático (os objetos de uso sempre rigorosamente em seus lugares) é um homem de bem, de respeito.

Confesso que algumas vezes fico meio cheio de sua meticulosidade, da sua invariável cartilha. Nada acontece de diferente, de inesperado. Como será conviver com ele no dia a dia? Não sei, nem quero saber. Já o comparei, em sua função, com os seus vizinhos de cadeira. Nenhum dos quatro se mostra tão aplicado ao seu ofício como ele. Nenhum dedica aos clientes tanto zelo, se esmera em não deixar um fio fora do lugar, ou sobrante no rosto do cliente.

Vou, assim, me mantendo seu cliente há tantos anos. Chego a me envolver com ele emocionalmente. Tenho constatado, por exemplo, que o salão, de que é um dos dois donos, vem perdendo freguesia. Alair parece ignorar, pois enquanto estiver voltado inteiramente para a cabeça de seus clientes, mantidas suas manias, tudo bem para ele. Sei não, penso que, com o tempo, também me tornei sistemático com ele. Por que presenteá-lo com a mesma garrafa de vinho por ocasião do Natal? Por que ir ao toalete ao final de cada atendimento? Por que lhe fazer, de início, as mesmas indagações, penso que com as mesmas palavras? Barbeiro metódico, cliente metódico?

Uma surpresa na tela

Ontem fui a um cineminha. O diminutivo aí se explica também pelo tamanho mesmo da sala de projeção, com cerca de apenas oitenta assentos. Pouco conforto, mas, em geral, bons filmes, com mais assiduidade daqueles que já andaram semanas por outras telas mais prestigiosas e que alcançaram boas bilheterias. Como se fosse a última chamada para assistir a algumas películas. Moro perto e fico sempre atento à programação.

Ao sentar-me na poltrona escolhida, começam logo a aparecer os anúncios. Um apenas, na verdade. Todos sabemos que o marketing não nos larga (nos cinemas, nem tanto), nos acompanha por toda a parte. Basta a gente andar por aí ou olhar pela janela de uma condução que nossa vista logo se depara com aquela inflação visual de anúncios, *outdoors*, a cobrir, às vezes, de alto a baixo, toda uma parede lateral de um alto edifício. Até dentro do transporte (mesmo nos táxis), lá estão as promoções, as mais diversas, a começar da própria empresa do táxi. Em casa, elas se fazem onipresentes na mídia impressa, televisiva e eletrônica.

Mas, afinal, por que você não apresenta logo a surpresa? – me reclama, impaciente, um leitor assíduo dos meus rabiscos, que insiste em ignorar as tramas narrativas. Nem gosta da palavra narrativa. Me diga uma coisa, apesar de tudo, meu fiel leitor: como você consegue ler um romance? Morro de impaciência, de tensão mesmo, me respondeu. Uma enrolação, às vezes, nada a ver com a tal narrativa... Estes, então, que não adotam uma ordem cronológica têm o destino que merecem: abandono a "leitura" deles.

Mas, voltando ao cineminha, sem perder a sequência desta narrativa, que os linguistas justificariam: para não perder a coerência textual. Após o anúncio, julguei tratar-se de outro anúncio.

Falta de atenção minha. Era um filme de curta metragem, cujo título me escapou. Fui me dando conta de sua mensagem aos poucos.

O cenário era o próprio cineminha, de início, totalmente vazio. Chega a primeira assistente, moça alta e bonita, que se senta bem na frente, põe os óculos e aguça sua atenção. Logo vem um jovem casal, que se põe a umas duas filas atrás da moça. Cada um com seu enorme saco de pipoca, que têm atingido alturas e espessuras inimagináveis. Não arriscaria andar com um deles, correndo o risco de perder o equilíbrio, já não lá muito confiável... Logo o casal engrena uma conversinha, regada pelos ruídos dos sacos de pipoca. Foi o primeiro incômodo sobre a assistente que estava ali, afinal, para assistir ao filme. Aparece depois um rapaz que, ao se instalar em sua poltrona (generosidade minha), com sua pirâmide de pipocas, deita os seus delicados pés e pernas sobre o assento vazio da frente, sem tocar, diga-se em sua defesa, na moçoila que queria ver a película em paz. A expectadora seguinte, que adentra por aquela sala escura, é uma senhora, que se acomoda, mas vai importunar, na fileira atrás da jovem, sempre presa ao que passava na tela. A senhora carregava uns embrulhos e bolsa, que dificultavam o seu sentar-se. Para atrapalhá-la ainda mais, seu celular dispara com estridência naquele exato momento. Tirá-lo da bolsa foi um problemão. Mas pior mesmo foi a sua tagarelice com quem a chamou, pelo visto para lhe narrar, em primeira mão, uma fofoca recentíssima daquelas. O jovem casal, ao mesmo tempo, se entregou a afagos algo, digamos, ruidosos. Era o quanto bastava. A acomodada moça chegara ao seu limite. Pôs-se de pé, ficou de costas para a tela e, aos gritos, irrompeu-lhe um ataque, que pegou a turminha expectadora de surpresa. Tal foi a sua veemência, na fala e nos gestos, que celular, saco de pipoca, parecem ter emudecido. Ela estava ali para assistir ao filme! A senhora que fosse para casa; então, numa outra poltrona, continuaria a ouvir, no seu celular, a fofoca que não comportava retardos. O casal, que procurasse um motel... e assim foi vociferando para pasmo geral. O silêncio passou a imperar, embora, de início, o casal esboçasse um protesto: era uma recalcada, sem amor...

Ando me irritando, reconheço, com certos comportamentos nas salas de projeção, a partir do momento em que perturbam a minha atenção, como o hábito criado, filme já iniciado, e as pessoas, perdidas na escuridão, a procurarem, e conversando em voz alta, seus lugares. O surpreendente curta-metragem exibe uma situação atual. A adaptação a novos costumes é necessária, em muitos casos, eu sei. Mas, às vezes, me sinto desrespeitado na minha condição de cidadão, até mesmo num lazer, com que me envolvo com imenso prazer.

O cineminha de que estou falando tem minha simpatia, apesar de seu pouco conforto. Antes mesmo da parte publicitária ser projetada na tela, dá-se uma apresentação muito bem-humorada da sala: localização dos banheiros, porta de emergência... valendo-se de uma animação que arranca sorrisos da plateia. E, ao término da apresentação, que brinca com o expectador, a frase, com expressivo jogo com a palavra "joia": "Este cinema é joia". Pelo modo como a sala foi descrita, com humor fino e por ser o nome do próprio cineminha.

O direito à palavra

Vou escrevendo as minhas crônicas. Parece que depois de começar não dá para parar. Não abandonei a Linguística. Isto de jeito nenhum. Sou compromissado com ela, com diploma passado, festa e o primeiro dia. Tudo para sacramentar a união. Afinal, lá se vão mais de cinquenta anos. Bodas de ouro. Há dias em que sinto ainda uma incontrolável necessidade, uma compulsão mesmo, de correr para os seus sedutores desafios, retornando a alguns deles, ainda não satisfeito comigo, com o meu desempenho na compreensão de certos fundamentos. Mas ela pode e deve abrir também novos caminhos, proporcionando aos que com ela se inebriam outras visões, das inumeráveis, da linguagem verbal, no seu agir sempre envolvente.

Ocupando-me com as minhas crônicas há uns dois anos, passei a me surpreender com observações que alguns leitores, certamente menos experientes, me passavam, no melhor intuito, fique claro, de me alertar contra certos perigos que minha narrativa poderia representar para mim. Você devia tomar mais cuidados. Você, afinal, tem um nome a zelar, homem sério, de reputação firmada. Nossa!, costumava de início eu exclamar: estou assustado, por mais que eu tenha lido e relido os meus textos, nada me chamou a atenção, que não devesse figurar nas linhas que tinha escrito.

Porém, em pouco tempo, me fui tranquilizando com tais comentários, com um leve sorriso maroto: gente minha, sou o narrador das minhas crônicas, não sou este ou aquele personagem. Se um destes apontados se apresenta como libidinoso, isto é lá com ele, o libidinoso, no caso, é ele, apenas uma criação minha. E o melhor proveito para ele, se conseguir se livrar de minha tutela narrativa... Se, noutra crônica, há o encontro repetido de um casal, sempre cercado de muito mistério, em um bar, o casal e o mistério fazem parte de uma narrativa, criada pela minha imaginação. Que o casal se encontrasse mais à vontade até gostaria, se eu pudesse liberá-lo do meu jugo. Mas o narrador é muitas vezes mau mesmo, um tirano, não perde, por nada, o controle do fio condutor do que vai espalhando no espaço em branco à sua frente. O essencial para ele é contar sua história, caracterizar seus personagens, ter sua própria noção de tempo, selecionar sua linguagem, tudo em conformidade com o seu ideal ficcional.

Mas, gente minha, sobre este "selecionar a linguagem" é que incidiam as observações mais surpreendentes. Há leitores que não escondem o seu estranhamento ante recursos que empreguei intencionalmente para dar ao meu estilo uma linguagem mais colorida, viva e pulsante, mantendo-a "em tom de conversa". Afinal, não era este o meu propósito?

Assim, começar período por pronome átono, misturar tratamento (te e você) em diálogos, recorrer a um léxico mais corrente, mais desataviado, são recursos, entre tantos outros, para manter aquele ar de conversa nas minhas crônicas, o que procuro com frequência. Afinal, o espaço da crônica é o espaço do meu descanso da sisudez, da gola engomada, da linguagem dos ensaios. Nelas quero mais o trivial do falar do dia a dia a retratar o trivial da vida que me cerca. Nossa língua é diversa, como todos nós que a falamos; nenhum dos seus vários usos a denigre, pois estaríamos denegrindo muitos e muitos dos nossos irmãos.

Passeio através de fotos

Fui colecionando, com o correr da vida, numerosas fotos (fotografia é termo que caiu em desuso, observando-se como mais frequentemente hoje se fala). Fotos que, na verdade, cobrem muitos momentos do meu eu por este mundo, desde a algumas situações parece que ainda vividas, até os dias que agora correm, com a sensação de que correm vertiginosamente, disparam na agenda de cada ano (de cada mês!). Bem tocante este passeio que resolvi empreender nestes últimos dias, dias de folgança que me concedi, tomado pelo desejo de me revisitar ao longo da passagem do meu tempo.

Fotos da infância, da adolescência, das fases diversas da vida adulta, até as da chegada do outono. Fotos com a família, com colegas de estudo, do casamento, dos dois filhos (tão bem-vindos) que chegaram, de eventos profissionais variados, fotos de pura descontração, fotos de terno e gravata, fotos de amigos para sempre, fotos de seres queridos que deixaram de aparecer no nosso convívio visível, fotos... fotos... que se guardaram em álbuns ou que passaram, a partir de certo momento, a ficar desorganizadas, como os livros do escritório, como os papéis avulsos, antes tão bem cuidados em pastas com nome. Outono desorganizado? Possível, possível... Outono de mais reflexão, diria, em busca de uma idealizada ordem interna, de querer explicar o sentido da vida, se ela o tem.

Fotos documentam sim instantâneos da nossa vida. Por elas, emoções várias nos invadem, da alegria ao incômodo, do gozo à dor, do sorriso à lágrima, da saudade à indiferença... Mas e as inumeráveis fotos que não foram tiradas, as que cobrem um largo período da minha existência, em que tal prática não era a prática que passou a ser habitual hoje em dia, com os celulares a espocarem seus flashes concomitantes e sucessivos? Tudo é documentado, mesmo situações sem um sentido especial apreensível, na base mais de realçar a posse do celular, de estar participando das modernidades, a marcar a presença.

Entre tantas fotos recolhidas, não encontrei numerosas que gostaria agora de estar revendo: uma, pelo menos uma!, no Maracanã, que frequento desde garoto, espremido na arquibancada, sem nenhum medo, em perfeita sintonia e sinfonia com os gritos daquela torcida apaixonada; uma outra, no mesmo Maracanã, já com meus dois filhos ainda bem pequenos; algumas, pelo menos algumas, dos carnavais em que tanto me divertia, até o raiar do dia, em vários clubes, como era costume em época que se distancia cada vez mais, cantando sambas e marchinhas que, já no final do ano anterior, todos tinham suas letras bem decoradas; não encontrei, como queria, outras fotos com meus filhos, em momentos de total descontração, na praia, deitados pelo chão da casa, envolvidos pelo carinho e entrega; senti muito a falta de uma foto ao menos com amigos tão queridos, de um companheirismo irmão. Sim, vivi uma extensa época em que fotografar era um hábito mais restrito a certos momentos, coisa um tanto protocolar, em nítido contraste com os tempos de hoje, em que todos tiram fotos de todos.

A ausência de muitas e muitas fotos, tão sentida por mim, é, no entanto, largamente compensada pelas incontáveis fotos clicadas e retidas por minhas fiéis retinas. São elas que indelevelmente guardam a memória de tantas cenas idas e vividas por toda gente. Nossas retinas são, assim, as mais eficientes guardiãs da lembrança de boa parte de nossa trajetória de vida, de momentos que se sucedem, que se superpõem, através de um fio condutor que não para de nos mostrar as alternâncias da existência humana. Só mesmo elas, as retinas, são capazes de documentar e guardar para sempre certos momentos inesquecíveis, que, quando recordados, nos batem com mais funda emoção.

Ainda sobre fotos e a vida

Falando ainda de fotos, há algumas bem especiais, que tiveram, acerca de dez anos, uma repercussão impactante mesmo em minha vida, estampadas no monitor do meu computador, ao qual acabei, depois de forte resistência, por me entregar. Querer ficar passa ano, sai ano, sem a ele aderir, estava me fazendo sentir um retrógado, um temeroso das conquistas tecnológicas. Como prosseguir vivendo assim? Ainda mais que gosto mesmo de escrevinhar, atividade que se tornou, para surpresa minha, mais estimuladora ao rabiscar meus textos na telinha.

Há uns anos, recebi um e-mail de um colega em que lançava a ideia de comemorarmos os cinquenta anos (é verdade) de nossa formatura do curso colegial. A ideia prosperou rapidamente, contando com a colaboração devotada de outros colegas, para uma tarefa, diga-se, nada fácil. O mais importante a salientar é que a maioria dos já então "jovens senhores" tinha perdido de todo o contato com a turma. Alguns foram colegas por mais de sete anos nos bancos escolares. Mas, a não ser em casos isolados, quando, por exemplo, a profissão exercida era a mesma, ninguém viu mais ninguém, "ninguém sabe, ninguém viu". O reencontro se deu com suas apreensões previsíveis. Será que vão me reconhecer? Devo me apresentar a cada um? Sou Fulano, e você? Pouco antes, foram aparecendo fotos na telinha, com os nomes respectivos, claro. Um mundo novo e surpreendente se descortinava. Este é Fulano? Como é que pode? Era magrinho, cabeça tomada por cabelos fartos e ondulados, o bigodinho, o olhar vivo, barriga zero... Impacto em cima de impacto, sem contar que não me lembrava mais de alguns, poucos, na verdade. Uns até eram reconhecidos logo, apesar das alterações fatais da passagem do tempo; diria mesmo que um ou outro aparentava estar em ótima forma, afinal, mudaram pouco.

Para o reencontro, houve a prudente combinação prévia de que usaríamos um crachá. Pelo que andei sabendo, muita adrenalina correu em vários colegas nas vésperas do dia da festiva reunião. A maior expectativa. Pudera! Cinquenta anos é uma separação longa, bem longa. Cada um, ao chegar, acompanhado ou não da esposa, era clicado pelas retinas de todos já presentes. Os olhos procuravam logo pelo crachá, lógico. Alguns se mostravam espontâneos, alegres mesmo em rever os colegas. Outros, mais tímidos, arredios. Creio que é sempre assim em qualquer grupo. Passado aquele momento inicial, as conversas se iniciavam com as esperadas observações e comentários: como você está bem (embora o colega se mostrasse, às vezes, acabadão), você seguiu mesmo que carreira?, já tem netos?, ainda está no batente?, e a saúde?... Sobre esta última indagação, a conversa se esticava, naturalmente, muito, sobretudo para falar da falta dela. O falecimento de colegas foi a notícia triste, que ia se espalhando entre os presentes. Logo ele? – tão meu amigo, era comentário repetido a respeito de um destes colegas: suas risadas gostosas, muito agitado, mas atento aos companheiros. Parece que o estou vendo. Uns poucos, não foi de todo possível localizá-los para o encontro. Nunca, mesmo nos anos subsequentes, pois passamos a nos reunir em todo final de ano.

Com o correr do churrasco, talvez por proximidade das mesas, acabávamos por ficar conversando mais com colegas a que, no tempo do colégio, não éramos tão achegados. Às vezes, um se levantava e se dirigia a outra mesa para poder trocar uma prosa com quem fora seu amigo mesmo naqueles tempos escolares. Certamente, a curiosidade sobre todos e cada um ali presente prevalecia de muito sobre o apetite, embora em hora já avançada para um almoço. O chope era bem recebido por muitos, mas não tanto quanto o contato com um colega. Curiosidade e emoção do reencontro contagiavam aquele ambiente marcadamente juvenil, de velhos colegas, que não se viam há meio século, a se lembrarem de passagens várias daquele período de convívio diário. Não havia dissensões políticas, de leituras da vida, de ostentação de qualquer tipo, neste reencontro inicial.

As fotos (não vivíamos ainda a época da presença avassaladora dos celulares) não foram muitas. Mas as clicadas com nossas retinas, inumeráveis, tenho certeza, ficaram documentadas na história da vida de muitos colegas, até o fim, como no caso daqueles que foram tombando, a tempo, contudo, de terem deixado escrita a sua narrativa de lutas, de realizações, de amor, de frustações, de sonhos, de decepções e de poesia, por este caminho comum a todos que recebemos o privilégio da vida.

Os rivotrilinos

Saí para umas comprinhas pelas ruas de Copacabana, minha terra e minha praia. Fui olhando as vitrines, atrás da beleza que me tocasse (aquela camisa, aquele tênis...), além de observar algumas pessoas com que cruzava, que me chamavam a atenção pelas suas posturas, indumentárias... Gosto destes passeios descompromissados, afinal, a gente tem sempre o que registrar para a nossa vivência. Minhas comprinhas? – fazia-as sem dificuldades. Comprinhas mesmo, geralmente para saciar a minha gulodice. Não sou não um consumidor engajado. Pude constatar o que tanto vem se comentando nos dias atuais: lojas, mesmo com atrativas liquidações, quase às moscas, poucas com um ou outro cliente mais abonado, menos atingido talvez pela já tão decantada crise econômica. Mesmo com o dia dos pais bem próximo, a impressão que me ficou é que os pais tratem de não ficar em maiores expectativas quanto à "lembrancinha" que vierem a receber. Aqui em casa, já deixei claro: uma rosa será muito bem recebida, pois não alimento preconceitos. Uma rosa é uma rosa. Lojas com artigos bem variados tinham em comum a ausência de clientes. Apenas uma delas fugia desta situação: as drogarias. Aqui em Copacabana elas se enfileiram nas avenidas e nas ruas de maior movimento. No início do mês então, parecem acolher uma galera bem maior. Uma ou outra tem como vizinha uma agência bancária: é um tal de pessoas saindo do banco para deixarem na loja ao lado parte do seu desvalorizado dinheirinho.

As drogarias tinham de se multiplicar, ainda mais no bairro dos velhinhos. Mas há muito jovem precoce em patologias, já frequentando as casas dos remédios. Vida dura, de pouca grana, de muitos encargos e impostos, quem há de manter a tranquilidade? Muitos já se veem acometidos particularmente de mazelas psíquicas. A chamada síndrome do pânico, pouco confessada ainda, por ser identificada como distúrbio de pessoas fracas ou muito problemáticas, só vê aumentando o número de seus portadores. Difícil atualmente fugir das receitas controladas. Já são numerosos os que se julgam dependentes delas. Venho observando que não são poucos os mais jovens que sentem certo mal-estar ao exibirem tais receitas ao atendente das drogarias, esclarecendo então a este tratar-se de uma receita para o pai. Um conhecido meu, na flor da idade, numa conversa meio confusa, acabou por me pedir o favor de lhe comprar um comprimido de Viagra, com outra finalidade terapêutica, bem sabemos. Afinal o que o vendedor iria dele pensar? Comigo não haveria problema, não pairaria qualquer estranheza. Era o esperado.

Não é por nada não, mas já antevejo passageiros do metrô, em vez de pedirem uma ajudinha para comprar seu bilhete ou para tomar um café, se dirigirem a um desconhecido (em geral, de mais idade), em voz baixa: tem um Rivotril aí? Metade já está bom. Nada estranho! O Rivotril deve ser uma das medicações mais receitadas. Apenas uma prática que passará a ser estendida a desconhecidos, pois entre conhecidos, os rivotrilinos, em número crescente, já fazem trocas costumeiras. Um amigo para o outro: — Não se esqueça de que te adiantei uma cartela de Rivotril, não deixa de pedir receita ao seu médico. Sabe como é, se fico sem nenhum comprimido, a ansiedade não perdoa, passa logo a me castigar. Tranquilinho, livre de mim, hein? A noite te aguarda, me ameaça. É, pensei em voz alta, parece que uma vez rivotrilino sempre rivotrilino.

O menino de pernas tortas

Criança ainda, usando calças curtas, algumas pessoas comentavam abertamente sobre minhas pernas tortas e sobre minhas orelhas de abano. Magro de ruindade, porque o que come!, confabulavam também outras. Como se pode observar, palavras muito encorajadoras para um guri assustado ante a vida pela frente. Quando me tornei adolescente, a atenção, com comentários galhofeiros, foi transferida para o buço que passei a exibir, semente do meu futuro e farto bigode. Sabem como é o ser humano, com suas atitudes e dizeres nem sempre oportunos... Se propensão tinha para ser tímido, estas observações repetidas eram um prato feito para as minhas futuras dificuldades sociais. Só uns anos depois, através de elogios de algumas colegas da faculdade, é que eu passei a me valorizar um pouco, a começar pelos meus olhos verdes, como os da minha mãe. Mas o complexo de feiura, é como se dizia na época, se instalara em mim e, com ele, convivi um bom tempo, até jogá-lo um dia por uma janela, quando atributos outros, em geral não físicos, ia descobrindo em mim. Pouco me preocupava, na verdade, com meu desenvolvimento físico, não tinha motivação para tal. Os sarados de hoje, é verdade, praticamente não existiam. Enfim, pernas tortas, orelhas de abano, magricela...

A partir de certo momento, não ouvia então mais comentários sobre minhas orelhas de abano, que parece terem se acomodado melhor no meu rosto, sobre o já então bigode, merecedor sempre dos meus cuidados, sobre minha magreza, pois ganhara alguns quilos, mas as pernas tortas, embora não fossem mais ridicularizadas, estas ficaram. Não me causavam incômodo, cheguei a jogar muito, e mal, futebol com elas, e ninguém ficava de gozação comigo.

Mas, adentrando nas dezenas dos enta (quarenta anos, cinquenta anos, paremos por aqui!), não é que as pernas tortas, arqueadas, que me faziam andar para fora, constituindo o que os médicos chamam de genuvaro, passaram a me causar forte dor nos joelhos?

Consultado um grande ortopedista, ele só confirmou o diagnóstico do genuvaro, que foi responsabilizado pela artrose nos dois joelhos, causa da dor que neles sentia. Tratamento a seguir? Enquanto o momento mais acertado da cirurgia (substituição dos joelhos por uma prótese de titânio) não chegasse, me orientou o médico: deve frequentar uma academia para fortalecer a musculatura das coxas, que sustentam os joelhos. De sorte que, já avançado nos enta, é que fui conhecer uma academia bem diferente para mim: o templo da cultura física de uns bons anos para cá, daqueles aparelhos de funcionamento complicado, das esteiras, das bicicletas..., sempre ao som de uma música que pouco me dizia. Mas não é que gostei da experiência? Meu corpo todo ia ganhando nova musculatura (longe de me aproximar de um sarado!), e eu uma maior disposição para o meu dia a dia. Alunos das mais distintas faixas etárias e peso corpóreo se faziam presentes, na busca de uma melhor condição física. Não ouvia comentários desabonadores sobre ninguém, ainda que aquela senhora ou aquele senhor sofressem quase, penso eu, de obesidade mórbida. Cada um na sua. O importante era estar ali malhando, caminho indicado para uma vida mais saudável. Claro que a minha dor não cessou, apenas amenizou, mas deu para ir levando a vida por algum tempo com os meus joelhos bem decrépitos, tendo passado a usar tênis como calçado oficial, forrado por uma palmilha sob medida.

Não é que as duas pernas doentinhas dialogavam entre si? Ei, você da esquerda, seu arco tem aumentado muito depressa nos últimos meses. Tá percebendo, não é? Com certeza, vai ser você a primeira a receber a tal prótese. Não me importo, retrucou logo a ofendida. Vou ser a primeira a ficar retinha, de te fazer inveja. A comparação entre nós duas vai ser inevitável.

Como a dor chegasse a uma intensidade difícil de suportar, o cirurgião indicado (cinco estrelas, me disse meu ortopedista) optou mesmo pela perna esquerda para ser a primeira. Receberá, pois, o troféu de titânio antes da outra.

Passado um mês, eis a antiga perna torta já desfilando por aí, firme e bem reta, como as bermudas usadas permitem ver, em contraste flagrante com a outra, e para a indisfarçável frustação desta.

Pois é, nascido com pernas tortas, sem na época qualquer possibilidade de correção, sendo objeto de comentários que me deprimiam, andei, corri e nadei por aí com elas por toda a vida, e só agora, já no outono da vida, vejo-as reparadas, graças a recursos cirúrgicos deste iniciante século. Uma alegria só, mesmo tão tarde. Afinal, que é o que mais importa, a correção delas vai me propiciar continuar a caminhar, e bem melhor, pelo restante da vida. E caminhar, na verdade, é que mantém a utopia de toda humana gente de prosseguir ao encontro do não se sabe bem o quê, posto que desejável.

Gente importante?

Um colega me telefonou para se justificar de não ter comparecido ao lançamento do meu livro de crônicas. Refletindo no que disse, cheguei à fácil conclusão de que sua ligação foi ditada pela curiosidade de querer ficar sabendo das novidades da noite de autógrafos. Nem guardei a desculpa que deu para não estar presente. Verdade verdade é que quase não temos convívio pessoal, nem profissional. Nem mesmo virtual, pois não frequenta nenhuma rede social, nem tem computador. Por que então o telefonema?

Depois de ter lá se justificado, me fez algumas perguntas, a maioria de praxe, em tal situação. Foi muita gente, quantos exemplares mais ou menos tinham sido vendidos...? Tudo bem, tudo bem, de curiosidade também se vive. De repente, a indagação surpresa: "Tinha gente importante?". Fiquei calado por uns instantes, à espera, por assim dizer, da minha presença de espírito, que não andava lá essas coisas. "Gente importante"? Mas o que é gente importante? Antes que eu prosseguisse, foi logo me respondendo: ora, professores famosos, pessoas publicamente muito conhecidas... Você sabe! Me controlei para não perder a paciência. Difícil! Com firmeza, mas não perdendo a classe, lhe disse: ora, fulano, para mim, gente importante era toda aquela que estava ali presente, toda!, afinal, ninguém tinha outro interesse naquele evento que não fosse o de me prestigiar, com a amizade e o afeto que cada um nutria por mim, acrescido, talvez, da curiosidade de ler um livro de crônicas escrito por mim, até então um autor só de livros sobre a linguagem, com muita metalinguagem. Meio desconcertado, meu colega rapidinho se despediu.

Mas fiquei remoendo sobre a "gente importante" do meu conhecido. Gente importante, todos sabemos, é considerada hoje, em geral, gente que vive, mais ou menos, sob os holofotes das mídias, mormente políticos, artistas. Celebridades. Para mim, gente que pode até estar conosco, embora quase nunca esteja... Longe de mim estar negando o valor dessa gente "importante". No entanto, gente importante, gente que importa para mim, é gente amiga, é gente que se preza, é gente que se admira mesmo a distância, ainda que de profissões e níveis sociais distintos. Mantenho uma relação de amizade com pouca "gente importante", esta é a verdade. Conclusão: o meu colega não teria curtido a minha noite de autógrafos, que, para mim, foi uma curtição só.

Uma crônica sofrida

Precisão de escrever. Mas os dedos nem de leve tocam nas teclas. Como elas me desafiassem. Pareciam até caçoar de mim. Tudo isto porque já tinha deixado claro que nada me ocorria que me levasse ao teclado. Olhava para ele, na esperança de que algumas teclas, combinadas, me trouxessem alguma luz, alguma palavra. Qual nada.

Para que tanto nervosismo, afinal, todo cronista que se preze já se viu na situação de o papel em branco lhe ficar cobrando um encadeamento de palavras a contarem alguma história real ou fictícia. O cronista, tarimbado, acaba escrevendo mesmo sobre a falta de assunto, confessando-se desmotivado naquele dia para encontrar as palavras que desatassem os seus nós internos. Faltava-lhe um assunto, logo faltava a linguagem. Eis-me na mesma situação, e não sou nenhum Rubem Braga ou Fernando Sabino. Como desenvolver o meu texto? Muito longe de ser eu um cronista de nome firmado, sou apenas um escritor, muito preso ainda ao discurso científico, o discurso de uma vida inteira, que, de repente, ousou um escrevinhar distinto, que lhe trouxesse alguma alegria a uma etapa nova (derradeira) da vida, com já vários entas acumulados, etapa, espero, que não seja só de perdas, mas também de alguns ganhos. E a alegria é essencial. Não é essa a busca de tudo o que vive? Animais, plantas... Rubem Alves chega a cogitar que "Os ipês, quando florescem, não estarão experimentando uma alegria que só eles entendem?".

Embaraçoso explicar a falta de assunto para escrever uma crônica. Me lembrei de mestre Sabino: "Sem mais nada para contar, lanço um último olhar fora de mim, onde vivem os assuntos que merecem uma crônica". Ou de Clarice: "O que me dá medo é o de chegar, por falta de assunto, à autorrevelação, mesmo à revelia". Não sei se já lancei hoje meu último olhar fora de mim, e também tenho medo de autorrevelações. Pelo menos, procuro me afastar de algumas. Espero que morram comigo. Nada de corrupção, de algum lava-jato... Seriam pecados veniais ou pecados mortais para um padre confessor, que tive tantos ao logo de minha vida jovem? Atualmente, pouco, nada mesmo, me importa esta metalinguagem religiosa.

A dificuldade de se fixar num assunto para cronicar pode ser então inquietante, apesar de ser um gênero tão democrático. Aceita comentários diversos, de tendências distintas, até as crônicas de ficção, que procuram um lugar ao sol no campo da literatura. Crônicas sisudas, irônicas, líricas, pretensiosas, contundentes, inconsequentes...

Pois, apesar de tanto assunto, de tão variados estilos, eis-me teclando quase a esmo estas linhas, para ao menos ver a folha em branco com algumas palavras, na expectativa de que uns poucos leitores consigam construir um sentido que garanta certa sobrevivência a uma pretensa crônica.

Ligo esta falta de assunto a uma incômoda preguiça, que me vem acompanhando há uns bons dias. Preguiça de ler, preguiça de escrever. Sinto meu cérebro esgotado. Cansado da vida, cansado de mim? Memória tomada pelos bombardeados por mísseis de procedência diversa, pelas multidões incessantes de refugiados, pela menos valia da vida, pelos homens-bomba, pela criminalidade crescente por este país, pelas lutas de irmãos contra irmãos, pelo assalto ao dinheiro nosso de cada dia, pela degradação de tantos políticos, pelos alunos a investirem contra os professores... Pretendo continuar a cronicar, porém careço, agora, de um tempo para tentar esboçar meu sorriso de alegria. Quem sabe, para começar, lendo e ouvindo textos que me devolvam este sentimento, alimento do que escrevo, alimento da minha alma.

Copacabana, paraíso para os menos jovens?

De uns tempos para cá, minha Copacabana começou a ser muito identificada como o paraíso daqueles que têm transporte público gratuito, pagam meia-entrada em cinemas, em teatros e em outros eventos, que usufruem de filas preferenciais de toda ordem... Com o prolongamento da vida do ser humano, Copa agrega hoje número muito expressivo de homens e de mulheres destes privilegiados etários, com boa margem de variação entre eles, considerados os enta (sessenta, setenta...). A observação atenta dos que gozam de tais benesses, pelas avenidas, ruas e praças copacabanenses, nos leva a registrar ocorrências interessantes, cenas que traduzem hábitos entre eles, além de poder também se constatarem atitudes reiterativas de transeuntes moços na relação com os velhinhos (pronto, basta de eufemismos!), palavra não politicamente correta, apesar, não se nega, de seu apreensível matiz afetuoso. Fiquemos, então, com idosos, palavra mais isenta, aqueles que têm certa idade, já viveram mais. Terceira idade, expressão muito usual atualmente, não sei por que, me leva a associá-la com Idade Média, a nada, em suma, que seja contemporâneo, nem mesmo moderno.

Começo por manifestar minha admiração pelos idosos que exigem quase balanças especiais para pesarem seus quilos obesos e que tão descontraidamente frequentam o famoso calçadão do bairro e suas inúmeras academias. Nem estão aí para furtivos olhares a incidirem sobre eles. Como se dissessem: estamos vivos, e fortes para enfrentar aqui, nesta academia, estes olhares de espanto, de galhofa, do que seja. No calçadão, espaço aberto, andam inteiramente à vontade.

Copa é mesmo um bairro privilegiado para os idosos, com barzinhos charmosos, restaurantes para todo gosto e bolso. Solidão em casa, basta uma descidinha à rua para encontrar gente conhecida e vitrines das mais variadas para admirar. Os idosos têm o saudável hábito de formarem grupos para bate-papos ou para um joguinho em certas praças. O voleibol é praticado entre amigos em várias redes, por eles mesmos administradas, ao longo da extensa areia com seus quatro quilômetros. Almejando uma vida saudável, praticam ainda outras atividades físicas, como jogos de peteca, frescobol, além da dança de salão em academias também. Em suma, aliando-se ao lazer, ao companheirismo e à atividade física, se mostram aprovados no "deixa a vida me levar (mais)".

O cuidado com a saúde se manifesta também de uma maneira que é motivo de certa gozação, não há como negar: em Copa, é rotineiro vermos senhoras e senhores carregando aquelas sacolas de clínicas com exames de imagens de todo o corpo. Tenho a impressão até de que, ao se cruzarem, devem esboçar certo sorriso. Sim, porque certa solidariedade se espera entre eles. Num mesmo quarteirão, uma drogaria convive com outra, com muita frequência, algumas prestando seus serviços dia e noite. Onde desfrutar de maior segurança? Cena de igual modo incorporada à paisagem de minha Copa é a presença considerável de pessoas com suas bengalas, muletas, andadores, cadeiras de rodas. Faz parte, minha gente. Quantos, na verdade, dos ainda não idosos já carregam, não podendo prescindir delas, as suas bengalas ou muletas invisíveis? Há idosos em estado de se lamentar, sobretudo quando conhecidos nossos, há sim. Mas a maioria dos copacabanenses idosos gosta muito do bairro em que residem, que lhes proporciona lazer e condições para uma vida mais saudável e digna, ao entrarem numa fase da existência associada, em geral, ao pessimismo, ao fim.

Vamos pegar um cineminha hoje? – diz um amigo idoso para outro. Tarde boa para um mergulho, não? Que tal um chopinho para papearmos? Vamos dividir uma pizza à tardinha? Estou me sentindo muito só hoje, quer dar uma volta pelo calçadão para vermos a paisagem mulheril? Este é o espírito que sinto que se respira muito por Copa, entre numerosos de seus idosos. Valorização da vida, não de uma sobrevida. Copacabana merece ser observada, sim, em seu trânsito difícil, violência e mendicância (mas onde não há tais mazelas na cidade?). Mas ela não é apenas isto. Muito pelo contrário. Ela anima a vida não só dos jovens, mas proporciona estímulo a tantos idosos!, a lhes dizer que a caminhada prossegue, com limitações inerentes, mas sem a perda da vontade de continuar a viver, de manter acesa ainda a chama de almejar novas expectativas, novos encontros.

O cinema nacional

Não chego a endossar a afirmação do Caetano: se pudesse, iria ao cinema todo dia. Mas é um dos melhores lazeres meus frequentar as telas no entorno da minha casa. Me liberar da mesmice da rotina, pela novidade proporcionada pela sétima arte, visual, narrativa e musical, além de me atiçar a imaginação, me faz, muitas vezes, repensar o mundo e os seus personagens reais, na complexidade do seu viver e conviver. Passar uma semana sem ir a uma destas salas não dá. Claro que procuro ler as críticas sobre os filmes em cartaz. Na verdade, contudo, este não é um fator determinante das minhas escolhas. Vistas as películas, concordo ou discordo dos críticos, na condição de mero leitor. O fundamental é sempre a leitura que se faça delas, com a nossa compreensão e sensibilidade, sem descartar o valor esporádico de observações ouvidas de outras pessoas.

Como espectador antigo e até hoje assíduo de filmes, sempre me deslocando até as salas de projeção, é que me aventuro a dizer que o cinema nacional ainda sofre de preconceito. Já mais velado, sim, mas perceptível em algumas obras. Não incluo aí, evidentemente, a crítica especializada, o que invalidaria a função primordial de qualquer crítica: a isenção ante o objeto analisado e o apoiar-se em critérios bem fundamentados. Esta mesma crítica tem reavaliado películas antigas nacionais, com um entendimento novo e com uma valoração antes desconhecida. Mas películas recentes não tiveram nenhuma repercussão, apesar de avaliação especializada favorável, apesar até da obtenção de prêmios expressivos, como o de melhor filme do Festival de Gramado. Não estou aqui me reportando àquelas obras em que crítica e público procedem a leituras bem distintas, de maneira compreensível, pela complexidade delas. Me refiro a filmes, sem maior densidade temática, elogiados por críticos, mas não frequentados pelo público, que abraçou o conhecido "não vi, e não gostei". Claro, se ressentem tais filmes, em geral, de uma melhor distribuição pelas salas cinematográficas (alguns restritos a um único espaço, quando não a um único horário, o que já revela discriminação, limitando o acesso de possíveis espectadores), além da falta de apelo dos atores e diretores, os não atuantes, em geral, no espaço televisivo.

Me veio esta sensação recente do velho preconceito ao assistir, semana passada, ao filme nacional "Ausência", dirigido por Chico Teixeira. Enaltecido pela crítica, com enredo do meu agrado, lá fui eu assistir a ele, numa sessão das 18 horas, numa sala de Botafogo. Única sessão de uma única sala. Éramos sete espectadores. Cheguei a pensar no pior: os sete espectadores sairiam antes do término! Qual nada! Temática sempre interessante. O tratamento adotado, a expressividade do enfoque, me agradou plenamente.

História centrada em um adolescente (Serginho, que recebeu o cobiçado prêmio de melhor ator do último Festival de Gramado), que morava no Nordeste, interior de Pernambuco. Sua carência afetiva e social é muito bem trabalhada. É certo, longe de ser caso raro por este país. Mas a arte transfigura a realidade e se tem um processo criativo que torna a sequência visual-narrativa a prender o espectador todo o tempo, envolvido por tocante emoção. A família de Serginho se desestrutura: o pai vai para lugar indefinido, a mãe, alcoólatra e sem trabalho, obrigando o adolescente ao sustento deles e de um irmão menor, fazendo biscates num mercado, a exigir-lhe também muita força física. Apenas uma única companhia, de um colega, com problemas de fala. Havia ainda a figura de um professor, para quem Serginho fazia as compras no mercado. Com a mãe indo para a Bahia, levando o filho caçula, o protagonista fica só e sem casa. Imagina que o professor (assim era chamado) fosse ficar com ele, assumindo a condição de seu pai. Tal não acontece.

Qual a saída encontrada por Serginho? Fugir do mundo real, perverso, e partir, num lugar a uma hora de onde vivia, para um mundo mágico, de sonhos e fantasias, de arte, que lhe trazia alegria, a vivência de um universo lúdico, que o afastava daquele contexto de privação e de dor: um circo, sendo ele amigo da dona, uma artista chilena. No fundo, todos nós estamos, por razões diversas, recorrendo ao mundo mágico da arte. Lá se pode viver sem ela? Com Serginho não foi diferente.

Como "Ausência" passou despercebido do público? Arte menor? Atores? Paisagem? Roteiro? Fotografia? Não vejo por que fica a dever a um recente filme cubano sobre uma escola em Havana, com que mantém evidentes afinidades.

Pelo menos um dos sete espectadores saiu satisfeito com esta produção brasileira, de inegável valor.

E depois da aposentadoria?

O encontro casual se deu numa livraria. Estava eu de costas, percorrendo as fileiras dos livros de uma estante. De início, não reconheci a voz: como vai, mestre? – disse, pousando-me a mão no ombro. Ao virar-me, vi que era o Henrique, velho colega de magistério, de muitas lutas e sobrevidas, sem jamais esmorecermos. Como ele envelheceu! – murmurei. Raros cabelos, rugas a marcarem o rosto e o pescoço, pálpebras meio caídas, olhar já quase sem brilho... Na verdade, era certamente a imagem que eu também passava para ele. Espelho contra espelho. Envelhecemos ambos, claro, não a ponto, porém, de precisarmos de crachá para nos reconhecermos, como já me aconteceu quando cheguei a ser apresentado a um senhor, de quem, na verdade, fui colega há uns cinquenta anos, sem nunca termos, uma vez sequer, nos cruzado mais por este mundo.

Que surpresa, Henrique! Como vai? Bem, quer dizer, a gente diz bem por comodismo, por algum constrangimento, sei lá. Bem, estou aqui vivo, deve ser isso. Ri, então, ao ser indagado como ia: e você? Bem... Ambos rimos. Que você tem feito? Eta perguntinha surpreendente, lhe disse, brincando. Todo mundo me faz. Me aposentei, amigo, de vez da sala de aula, do mundo acadêmico. Minha época, bem extensa, por sinal, passou mesmo. Chegou a hora de parar, numa decisão sempre difícil, meio angustiante até. Está com algum tempo, Henrique? Há tanto não batemos um papo. Vamos então sentar naquelas duas poltronas ali? Parece que estão à nossa espera. Além disso, se ficar de pé um tempozinho mais, lá vem a dor no joelho. Artrose de ótima qualidade, amigo. Tenho mesmo é de enfrentar a cirurgia e, pior, a pós-cirurgia.

Puxa, como esta poltrona me caiu bem. Mas como eu ia lhe dizendo, o quadro universitário atual é muito outro, bem diferente, como você sabe, daquele em que atuávamos, dominado, de uns anos para cá, pelo que vem sendo chamado de "produtividade", ou seja, o professor, para alcançar um bom conceito anual, deve participar de várias atividades, desde uma mesa-redonda à publicação de artigos em periódicos selecionados, para me ater apenas a duas destas atividades. Assim, para alcançar o perfil de um professor bem avaliado, a base é sempre a sua presença em vários tipos de eventos, se apurando pouco a qualidade do ser docente, no sentido restrito, mas essencial, dos cursos que ministra, da sua dedicação à formação dos alunos... Hoje, isto praticamente quase não conta para julgar a atuação acadêmica de um professor. Difícil, para um docente antigo, como nós, se adaptar a esta nova realidade universitária, não é verdade? Devo escrever sem falta um artigo este ano, participar de um simpósio nacional (se possível internacional), integrar uma banca examinadora de pós-graduação... Estava eu sempre cobrando a minha produtividade, a cada ano, sob pena de ser mal avaliado (mesmo com tantos anos de atuação), prejudicando até o conceito do curso. Imagine! Passei a viver angustiado. Sei que você também. Claro, me respondeu de pronto o Henrique.

Não estou querendo desvalorizar, preciso ressaltar, o novo modelo de orientação adotado pelas universidades para aquilatar a produção de cada docente. Ele tem seus inegáveis méritos (o principal, o de estimular os professores a uma maior participação na vida acadêmica), embora continue achando que o critério quantitativo tenha prevalecido sobre o critério qualitativo. Apenas, estou querendo enfatizar as dificuldades que os docentes mais antigos, como nós, passaram a ter para se adaptar a estas novas exigências. Certa vez me confidenciou uma colega, veja bem, Henrique: este ano alcancei minha maior produtividade: quatro artigos, capítulo de um livro, três comunicações em congressos, duas bancas de mestrado, duas orientações de dissertação! Nenhuma referência aos cursos ministrados. Uma velha amiga da Universidade Federal de Minas Gerais, altamente titulada, me saltou esta: "Tem gente escrevendo artigo na fila de ônibus!".

Não entrou em depressão após a aposentadoria? – meio curioso, Henrique quis saber. Afinal, apesar de tantas mudanças no universo acadêmico, que também evidentemente eu sentia, você sempre gostou de dar suas aulas, de conviver com os alunos. Era a sua vida, além da família e dos amigos, claro. Na verdade, Henrique, confesso que foi mesmo um longo amor, que não arrefeceu com o passar de tantos anos. Não me via entregue a outra atividade. Me encontrei então meio perdido sim, sem ter como me ocupar. Eu sei como é que é, foi logo me adiantando o companheiro. Até hoje, passados oito anos, fico, memória solta, recordando cursos que ministrei, muitos ex-alunos, mesmo não me lembrando dos nomes da maioria deles. Passei a conviver com um vazio que tomava conta de mim com frequência. Henrique não esqueceu, porém, a indagação a mim endereçada: mas você, desculpe estar insistindo, como vem ocupando seu dia a dia?

Custei um pouco a responder. Henrique percebeu: alguma indiscrição minha? Não, não, de modo algum. É que venho observando que me dirigem esta pergunta muitas vezes, desde que me aposentei. O que tem feito, o que está fazendo? Fazer, fazer... Afinal, parece que a preocupação com o fazer é dominante no mundo atual. Me sinto um tanto constrangido, porque me dei conta de que, depois de anos no batente, e num batente constante de estudo e ensino, em que era muito feliz, estou entregue a tão poucos fazeres, nesta vida de tão múltiplos fazeres.

Me aposentei sim da sala de aula, amigo, como você, mas continuo, muito mais agora, pensando, refletindo, sobre a vida, o mundo de hoje, o meu mundo de épocas passadas, reavivando certas pessoas que cruzaram em meu caminho, muitas já falecidas. Antes, minha mente ficava a maior parte do tempo direcionada para as reflexões sobre a linguagem, afinal, um campo muito amplo e complexo, com uma bibliografia que me exigia estar estudando sempre, para a minha atualização e para ser um professor útil aos meus alunos, me esforçando para descortinar para eles o mundo maravilhoso da linguagem.

Não me sobrava quase tempo, esta é a verdade, até para outras leituras, com focos de interesse diversos, que estavam sendo debatidos por intelectuais, por cientistas, pela sociedade, com ampla divulgação nos meios de comunicação (economia, política internacional e nacional, meio ambiente, eventos culturais, o mundo virtual poderosíssimo que se projetava...). Carecia até mesmo, uma lacuna grave em minha formação cultural, do conhecimento (logo, da linguagem) de certas importantes obras literárias brasileiras e de escritores reconhecidos de outras literaturas. Para você, amigo, não tenho segredos.

Então, como acha que tem feito poucas coisas, homem? Sabe, Henrique, implico muito com estes verbos genéricos, como *fazer*. Um vizinho me confidenciou outro dia que, como dentista aposentado, estava levando uma vida muito mais corrida, de múltiplos fazeres. Só quase fazeres com os netos! Em que variedade de atividades os pais punham os filhos a praticar! Levar e apanhar os netos na escola, nas aulas de natação, balé, inglês, violão... Nada a criticar. Apenas não dava para eu fazer tantas coisas, de maneira a ficar assim com o meu horário todo tomado. Caí um pouco nesta ciranda, foi logo me confessando o Henrique. Mas você se sente satisfeito? Não, isto é, raramente, quando me distraio com algumas reações dos netos. Sabe, no fundo, me observo não pensando quase em mim, com minhas horas comprometidas com os fazeres dos netos.

Adoro mesmo é conversar com amigos como você, Henrique. Creio que, ultimamente, minhas conversas são mais diversificadas, sem me ater apenas naquela fixação no mundo acadêmico e seus personagens. Penso que o que se passa comigo me é bem claro: os anos pela frente vão rareando, o que me tem estimulado a tentar me compreender melhor e a minha vida: conquistas, perdas, desafios, momentos de uma alegria só e momentos de forte depressão. Diria, Henrique, que tenho viajado muito mais por mim, procurando, quando posso, compartilhar o que, só agora, pareço ter melhor sedimentado da vida através de leituras e releituras novas e de reflexões mais aprofundadas, objetos de conversas abertas com uns poucos amigos, alguns meus ex-alunos. Então, os alunos permanecem com você? Sim, neste novo contexto do meu atual existir.

Entende, Henrique, não pense que levo vida reclusa, pois viver é conviver. Conquistei novos amigos, com que estou sempre conversando, juntos muitas vezes com aqueles antigos amigos que ficaram. O bate-papo é aberto a qualquer assunto, sem preconceitos.

Cada um, é certo, amigo, vai escolhendo os seus caminhos de ir tocando a vida, mesmo, ou sobretudo, quando não lhe restam tantos anos pela frente. Estou consciente da vida que vou levando, já em seu outono. Não me sinto só, a não ser em certas situações em que a nostalgia (o "explode coração") me toca mais forte. Henrique: na verdade, tento, e como tento, ter sempre comigo as palavras, suas conhecidas, que o Barthes empregou como uma meta, ou desafio, para a fase crepuscular de sua existência: "nenhum poder, um pouco de saber, um pouco de sabedoria, e o máximo de sabor possível".

Gostaria muito de que nos encontrássemos mais vezes. Pode crer, lhe disse rindo, que vou usufruir em nossos papos desse sabor possível.

O salto mortal

Agitação intensa nas avenidas e ruas de Copacabana nesta época natalina. Parece que de ano a ano mais gente se atropela, sobretudo na Avenida Nossa Senhora de Copacabana, a exibir também em suas lojas muito diversificadas sugestões de presentes para todo gosto e bolso. Nos finais de tarde, então, em trechos desta famosa avenida, os camelôs se sentem finalmente livres para lutarem por um espaço na calçada, oferecendo mercadorias variadíssimas, algumas mesmo surpreendentes (do fio dental, não o odontológico!, a alicates ou a chapéus dos mais bizarros).

Pois num final destes de tarde, caminhava eu pela avenida, bem próximo à fileira formada pelos camelôs, à beira da calçada, quando de repente, diria muito de repente, um cachorro, de grande porte, controlado numa coleira por seu dono, dá um verdadeiro salto mortal e cairia em cima de mim, se totalmente atarantado tivesse ficado eu, com aquela pirueta canina. Felizmente, ele consegue pousar na calçada com maestria, pondo-se a latir com nítido desespero.

Que aconteceu? – perguntavam todos os passantes, entre surpresos e amedrontados, ante tal inusitada cena. Meramente por acaso, percebi num rápido olhar o que tinha acontecido. E pus-me a rir, para a revolta com certeza dos que no local se aglomeravam e se empurravam naquele formigueiro humano. Um dos camelôs vendia espelhos redondos com lente de aumento, postos um ao lado do outro, alguns com leve inclinação para cima. Ora, o cachorro tinha de levar um tremendo susto, ao ver, em frações de segundo, sua imagem projetada e muito aumentada, tratando então de fugir como podia, amarrado com segurança pela coleira, daquela imagem demoníaca. O salto mortal fora a saída encontrada, em meio à falta de espaço naquela multidão em que se via.

À medida que as pessoas foram tomando conhecimento do porquê daquele salto acrobático, começaram também a rir. O tumulto, formado numa esquina, permaneceu por um bom tempo, ocasionando os mais diversos comentários, que traduzem muito bem as posições sempre diferentes que os humanos assumem ante uma mesma situação. Assim é que uns julgavam com humor o acontecido; alguns se concentravam em críticas ao dono do cão (como andar com tal cachorro, uma irresponsabilidade!, no meio de tanta gente espremida?); outros falavam mal da presença dos camelôs (cadê a guarda municipal?); ainda outros vociferavam contra o inferno da época, seus atropelos, correrias, o calor, parecendo de mal com a vida, imbuídos embora, certamente declarariam, do espírito cristão do santo Natal. Afinal, não é assim que caminha a humanidade, com estas e tantas outras controvérsias ante notícias, eventos, em suma, ante o visto e o ouvido por este mundo afora? Maneiras diversas de ver o mundo, ideologias que se chocam.

É... mas os espelhos também, com frequência, nos assustam, não precisam ser de aumento. Há os que costumam fugir deles, sabemos muito bem, mesmo com as plásticas cada vez mais adotadas por mulheres e homens. A visão de si próprio continua evitada por muita gente. Por que se expor assim? Um sério abalo para um narcisismo entranhado. De ilusão também se vive, ainda que fisicamente (que bom ouvir um "você não aparenta a idade que tem, de jeito nenhum"). Mas o narcisismo humano está longe de se contentar com a aparência física. E a preocupação de ostentar e de se envaidecer com belezas internas que, na verdade, não possuímos? Somos sim atores, exercendo vários papéis no palco da vida, com que vamos exercitando a nossa egolatria.

Copacabana: ontem e amanhã

Era o final de uma tarde de outubro. O sol ainda refletia sua claridade sobre o mar, mas uma brisa fresca afugentava o calor, roçando-me o rosto, proporcionando-me uma sensação gostosa de bem-estar, de paz, até mesmo de certa sonolência. O próprio mar parecia também sonolento, com as suas ondas baixas, lentas. Vinha eu de uma caminhada pelo calçadão de Copacabana. Nenhuma distância maior. Desligado me mostrava dos transeuntes com que cruzava. Poucos, na verdade, àquela hora. A sensação de algum desânimo, roçando a tristeza, começava a me rondar. De repente, me vejo sentando na cadeira de um dos quiosques. Ninguém que dividisse aquele espaço comigo. Não estava mesmo para conversa. Peço uma água de coco e me ponho a admirar o mar, a areia, o horizonte... A natureza é que me dominava o olhar, só ela e eu. De costas para os arranha-céus, de costas para o mundo todo criado pelo homem. Tantas vezes tinha contemplado aquela paisagem. Há tantos anos! Uns cinquenta. Mas naquele fim de tarde era diferente. Continuava embevecido com ela, mas absorto em mil lembranças com que o longo passado foi me acumulando. "E à tardinha o sol poente/Deixa sempre uma saudade na gente", aquele hino oficial e apaixonado por Copacabana, ainda muito cantado, me ressoava com nitidez.

A saudade batia forte, ofuscando tudo o que era visível naquele momento. Um filme não programado parecia iniciar-se, projetado na tela da minha memória, dirigido por aquela cineasta de reconhecido mérito, ela mesma, a Saudade. Ela então é que selecionava as situações de filmagem. O cenário, um só: Copacabana. O protagonista, eu, em minha vida neste cenário.

Iniciada a projeção, me revejo jovem, recém-casado, acolhido amorosamente em uma nova morada, em que celebraria outras núpcias, com uma princesinha, a do mar, mas de tanto mais, no correr de uma existência agora povoada por tantas recordações, que, já no seu outono, ainda se mantêm presentes, me proporcionando uma película dos seus mais expressivos e inesquecíveis momentos. Um documentário, uma sucessão de fatos que a lembrança me trazia de volta. Revivê-los, que emoção intensa, que bate na alma da gente.

O passar a conviver com aquela que seria a minha companheira de toda a vida, no primeiro teto nosso a nos agasalhar, marca o começo de tudo. A descoberta progressiva de Copacabana, de sua paisagem urbana e de seu povo, de suas seduções e de seus segredos, foi também o despertar para uma fase de vida em que eu me sentiria tantas vezes encantado, acolhido por uma comunidade pulsante de vida, aberta à diversidade do ser.

Este encantamento conheceu ocorrências que preencheriam a minha história, a partir do nascimento dos dois filhos, para o mundo e para Copacabana. Até hoje, dela não se afastaram, com ela conjugaram, desde cedo, o verbo sempreamar.

Uma sensação inesquecível levá-los a conhecer a praia, o mar, vê-los envolvidos com a areia branquinha daquele tempo, a ensaiarem comigo os primeiros chutes numa bola, uma prática que nos aproximaria pela vida afora, seduzidos pela paixão futebolística. Oh, tempo, tempo que se foi, mas que está sempre voltando, como agora, sentado eu no quiosque. Pouco depois, eis-nos esboçando os primeiros passeios nossos à tardinha no calçadão, regozijantes por frequentarmos tão decantado espaço, com seu desenho, um dos símbolos do bairro, reproduzido em tantos lugares, em toalhas, em camisetas, em quadros... Os restaurantes da orla, alguns resistentes à passagem do tempo, começaram a receber nossas visitas, eleita a pizza como prato favorito. As festas de aniversário dos filhotes que cresciam em Copacabana, e dela, confessam até hoje, não quererem sair, foram dias em que a alegria era soberana.

Não quero omitir aqui a ida, já com os filhos, à nunca esquecida igrejinha do Forte, marco histórico que foi do bairro. Missas dominicais a céu aberto, com bancos compridos para os fiéis se sentarem, com homilias de um padre de rara sensibilidade na sua sempre generosa visão do ser humano. Vinha gente de longe para ouvi-lo. Dele me tornei amigo, para o enriquecimento humano meu. Meus filhos, ainda pequenos, lá se prendiam com a missa? Ficavam brincando o tempo todo, naquele espaço amplo, entregues a toda sorte de peraltices, talvez já pensando na pizza que devorariam pouco depois.

A festa da passagem de ano tem sua história à parte em minhas lembranças copacabanenses. Passamos a viver, em todo 31 de dezembro, no centro do mundo, foco central da mídia de todos os lugares. Nos primeiros anos, os festejos limitavam-se a uma ida à praia, curiosidade de ver gente homenageando a Iemanjá, ofertando-lhe flores atiradas com fé ao mar. Com o tempo, o réveillon foi se modificando, com uma multidão crescente a comparecer e a querer comemorar a passagem do ano na praia famosa. Já há anos, os festejos exibem o espetáculo de extasiar toda a gente humana, vinda de várias partes do mundo, com o espocar de fogos de artifício durante uns vinte minutos, um show pirotécnico de desenhos e cores que maravilha e se torna inesquecível a quem assiste a ele. Certo tempo antes, cantores se apresentam em palcos espalhados pela orla, contribuindo para aumentar assim a alegria da multidão presente, que atingiu já a marca de dois milhões de visitantes.

Em outro momento da minha vida familiar, pode retornar o casal a uma paixão da vida em comum: o cinema. Conheci então as salas de Copacabana, várias na época, mas só resistiram a do Roxy, bem alterada, e a do pequeno Joia. O bairro, em seu crescimento, não privilegiou a sétima arte, hoje exibida mais em salas de shoppings e em espaços que abrigam algumas delas. Que bons filmes passava o Caruso, no finzinho do bairro. Nostalgia, é o que sinto, ao recordar a saída diurna de uma sessão do Rian, com aquela claridade repentina que quase cegava a todos, jogada em cima dos frequentadores pela luz intensa da orla praiana, que parecia adentrar pelo cinema. Guardo ainda bem guardadas algumas das peças de teatro a que assisti na sala pertencente ao Copacabana Palace. Lá é que vim a conhecer textos dramatúrgicos dos mais importantes e também muitos dos nossos mais consagrados atores.

Um tanto cansado da atenção, e da saudade, a que o documentário me expunha, me remexo na cadeira desconfortável do quiosque e sinto que vou voltando à vida presente. Não digo que o documentário tenha chegado ao fim. Apenas, me desprendo da tela e inspeciono ao redor. A seguir, olhar fixo no mar, na praia. Certa angústia. E agora, Copacabana? Afinal, nada retorna nesta vida.

A chegada ao bairro, as mudanças progressivas dele, a identificação com a sua gente e com os seus costumes. A sensação gostosa de estar ao lado de seu mar e de sua praia, ainda que não os avistasse por alguns dias. Os filhos que parece terem nascido para serem copacabanenses. A igrejinha do Forte, de que não mais se ouve falar. Os seus antigos cinemas, já pouco lembrados. Os seus réveillons com bem menos gente, voltados para o mar. Tanta coisa mais. Certas lojas desaparecidas, algumas pessoas com quem trocava dedos de prosa: o jornaleiro, o homem da farmácia, do correio, do bar do cafezinho, vizinhos... Muita coisa mesmo ficou para trás. E agora, Copacabana?

Não corro mais em seu calçadão, não me aventuro mais em seu mar, não me exponho mais ao seu sol, não tenho mais os cinemas de outrora, nem seu teatro, nem alguns dos restaurantes que frequentava, nem a grata convivência com alguns amigos. Não mais vou ver o espocar dos fogos de final de ano, amedrontado com o mar de gente que se aglomera neste dia que encerra o ano.

E agora, Copacabana, terra preferida dos menos jovens? De repente, eis que ouço uma voz abafada a me sussurrar: continuo aqui, tenho também uma longa história a recordar, um largo período em que não era nem conhecida. Mas a vida prossegue e vai incorporando as lembranças do passado. Recordar não é também viver? Me surpreendo respondendo àquela voz, me sentindo tão limitado, tomado de cuidados, um deslocado, enfim, ante a diversidade de atividades e de eventos que o bairro não para, não há como negar, de oferecer sobretudo aos que nele moram. Me falta o mesmo entusiasmo de antes pela vida. A idade avançou muito. Mas continuo aqui, retornou, de imediato, a voz, agora com tom doce. Não me admira mais o mar, a praia com as suas beldades (e são tantas!), o movimento das pessoas nas ruas e nas lojas, o clima, enfim, que se criou aqui, mesmo para os que falam de suas limitações atuais?

A voz de Copacabana me tocou, me sacudiu. Na verdade, me esqueço de que me surpreendo ainda a entoar hinos a ela, o mar, na verdade, não se mantém depois de tantos anos? Um amor mais sereno, o atual, é certo. Viver com ela, ainda que meio às escondidas, é sempre estimulante, não importa a idade. Apto prossigo, é o que mais importa, a cantar com o poeta e maestro famoso: "E hoje vive a murmurar/ Só a ti, Copacabana,/ Eu hei de amar".

O filme, o documentário, não sinalizava o fim do meu amor por ela, ao contrário, me oferecia o retorno à vida, sim, por que não então prosseguir? A saudade não é para esquecer. Mas ela está sempre pronta a continuar selecionando e guardando o que se vive com a alma.

Você parece ter esquecido o alcance dos voos da minha imaginação, me disse Copacabana, retornando à sua fala, já com voz mais enérgica, estimulante. Minha força criadora não deixará, esteja certo, de alimentar a sua vida. Afinal, não se vive apenas da memória. Esta carece sempre – não pode, com o correr dos ponteiros que marcam o passar do tempo, acumular só lembranças – da força renovadora da imaginação, a criar futuras memórias.

Não podia deixar de reconhecer a veracidade das palavras ouvidas e me apascentei: vida é memória sim, mas vida é também imaginação, criação. Preciso ainda das duas, para, no caso, continuar a caminhar com ânimo renovado pela nossa princesinha, que não há de me faltar, sempre na sua sequiosa expectativa de proporcionar um viver e um conviver que mantenham toda sua gente aberta para o mundo.

Ida

Os dias corriam, e eu, por razões diversas, não ia assistir ao filme polonês "Ida", elogiado, embora com poucos adjetivos, pela crítica. Concorre, parece, a alguma premiação no Oscar. Leio, em geral, os textos críticos, não dou importância ao Oscar, dominado por muita política (sua festa de premiação é muito brega!). Acabo sempre decidindo, na minha ânsia cinéfila, pela temática dos filmes e pelos comentários de uns amigos, com sensibilidade da mesma família que a minha. Semana passada, com medo de a película sair de cartaz, tratei, resoluto, de ver "Ida". Coincidência: no dia seguinte, ao abrir o jornal, deparo com uma breve crônica do Elio Gaspari sobre o filme, com o sugestivo título, em caixa-alta: "'Ida' é um grande filme e uma ótima aula". Seu texto expunha uma análise muito afinada com a que vinha ruminando.

Depois de assistir a certos filmes, quando já entregue a mim mesmo, me ponho a refletir sobre eles: o que me tocou, o que (re)aprendi sobre o mundo e o ser humano, excelências ou falhas em seus roteiros, o desempenho de personagens, a narrativa, às vezes a música... Fique claro: sem nenhuma veleidade de crítico, que enxerga o que, muitas vezes, nem imaginava, ainda que atento e assíduo frequentador das telas cariocas. Sim, porque não tenho nenhum prazer em assistir a filmes pela televisão. Gosto de sair, de ver gente, de encontrar um amigo, do escurinho das salas, em suma, de todo aquele ritual bem conhecido de "ir ao cinema".

"O filme polonês 'Ida' é uma joia." "Quem for vê-lo perceberá que saiu do cinema refletindo sobre questões que estavam guardadas no fundo de sua alma", fala a sensibilidade crítica de Gaspari. Foi também assim que me senti ao sair. Narrativa silenciosa acerca de uma história simples, passada, uma pequena parte, em um convento de Varsóvia, onde Ida era noviça, depois de ter sido criada em um orfanato, desde os três anos. Dias antes de fazer seus votos, instada por sua superior, vai conhecer uma tia, sua única parente. Tal visita muda a vida da protagonista.

Sabedora de sua ascendência judaica, da morte de seus pais, sem saber como tinham morrido e até onde tinham sido sepultados, recebe o apoio da tia para desvendarem, através de caminhos e encontros sofridos, todo o mistério que se mantivera durante tantos anos. Duas excepcionais atrizes, falando pouco, desenvolvem uma relação das mais fortes, das mais compungentes, sustentando uma narrativa tensa.

Ida, depois de tudo penosamente esclarecido e depois do suicídio da tia, fica insegura quanto ao seu destino, sozinha no mundo. Conhece, ainda usando hábito, um músico, por quem se sente atraída. Ao fim de uma relação com o jovem, lhe pergunta: "E depois?". Sim, como ficaria sua vida com ele? O objetivo da vida dela com ele, sempre viajando? E depois e depois? Opta, então, pelo retorno à vida religiosa, na qual não teria de ficar indagando "E depois e depois?". No caminho para o convento, a certa altura, apressa seu caminhar, o que refletia toda a sua ânsia de chegar onde a pergunta que insistentemente se fazia se tornaria desnecessária.

O filme escolhe a religiosidade como um caminho, como a escolha para a própria vida. A opção de Ida não condizia, pois, com a maneira de encarar a existência de sua tia, a de tanta gente, na verdade. Ida estava deixando de viver? Fica o questionamento de sempre, de todas as épocas: enfim, que é viver?

Vista e ouvidos apurados no calçadão

Há algum tempo não andava no calçadão da princesinha do mar. Me resguardava em um quiosque, de onde assistia, bem de perto, a um jogo de vôlei entre velhotes, que se esforçavam para mostrar que ainda lhes restava certo vigor físico. Muita discussão entre eles (ninguém quer perder), que me levava a dar gostosas gargalhadas.

Com os joelhos já em boa forma, voltei para as minhas caminhadas, cada dia aumentando a distância a ser percorrida. Como estou em uma fase da vida em que sinto mais necessidade de observar o comportamento das pessoas, suas conversas e reações, fui sendo surpreendido por inúmeras situações, que, talvez, antes pouco me chamassem a atenção.

Assim, na manhã de hoje, batida pelo sol, orgulhoso das agora retilíneas pernas, guardei três lembranças do meu ainda cauteloso caminhar. A primeira foi a de um homem jovem que, na sua camisa, na parte da frente, exibia a frase: "O homem que é sem barriga/É um homem sem história". Fiquei feliz com a frase, afinal, tenho uma história, embora a barriga se explique por razão talvez diversa da intenção comunicativa do escrito da camisa. Nada, por exemplo, de acúmulo de tulipas, como se dava tempos atrás. Gulodice mesmo.

A segunda lembrança vem de uma tentativa de diálogo entre um desses vendedores andarilhos do calçadão e um casal que falava inglês. Só ouvi o vendedor revoltado, com o seu sotaque nordestino, gritando: "Pensa que, por ser cearense, não posso falar inglês? Isto é preconceito!" É isto mesmo, vivemos numa época de uma avalanche de preconceitos e de poucos conceitos. Filho de cearense que sou, o vendedor teve a minha total solidariedade.

A terceira lembrança se prende a uma dessas obras de arte trabalhadas com areia, que sempre despertaram o interesse dos andantes do calçadão. São frequentes os castelos assim moldados, cada vez mais com engenho e arte, assumindo proporções imensas. Hoje, a certa altura da minha caminhada, me despertou a atenção um aglomerado bem maior de gente em torno de uma dessas obras. Não foi fácil me aproximar para ver a obra que atraía uma pequena multidão. Maravilha das maravilhosas. Tratava-se de umas cinco ou seis moças (de areia!), de coxas grossas, de bruços, pernas entreabertas, com fio dental, de pano, a impedir o nu total. Era curioso mesmo esta mistura de areia e de tecido. Interessante, eu vi!, que, pouco adiante, na areia, umas moças se apresentavam de topless, sem chamarem a atenção. Mais vale a arte? me indaguei. O mundo está estranho, eu sei, mas sou ainda do tempo do mundo das pessoas de carne e osso.

O certo é que, retornando às minhas caminhadas no calçadão, estarei, penso, mais atento ao que vou vendo e ouvindo nele. Me senti, na verdade, meio desatualizado ao que se passa no mundo, pelo menos no calçadão, há algum tempo. Agora, sem estar fixado apenas no comportamento linguístico, muita coisa não mais fugirá da minha observação. Já era tempo.

O magistério e a sociedade

Eis-me refletindo sobre a vida, tentando compreender melhor (pretensão minha!) sobretudo este nosso país. Venho acompanhando, pela mídia e por relatos vários de amigos e colegas de magistério, o movimento dos professores do município em prol de condições mais dignas de trabalho. Luta antiga, permanente. Professorado que, em sua maioria, já se movimenta tanto no seu dia a dia, correndo de uma escola para outra! Se alimenta mal, dorme de menos, se diverte pouco! Os movimentos são quase sempre por reajustes salariais que pouco, quase nada, aliviam o peso de seus encargos e de seus impostos. Sei não, mas parece que a desvalorização profissional e social do professor atingiu um patamar desolador!

Claro, tudo isto é sabido pelos que militam no magistério. A minha reflexão aqui me conduz a outras considerações. Em toda comunidade, os cidadãos (epa, quase escorrego neste plural!) exercem as mais diferentes profissões, que devem, todas elas, ser respeitadas, se exercidas com seriedade e ética. A comunidade necessita de todas elas, cada uma exerce uma função social. Assim, como imaginar se viver, num rincão qualquer, sem médico? Mas muitos vivem! Isto já é uma outra história... No entanto, um grupo humano que atingiu razoável nível de vida tem médicos, engenheiros, advogados, enfermeiros, eletricistas, marceneiros, comerciários, policiais, coveiros... Respeitar, dar o devido valor ao trabalho de cada um destes grupos profissionais é compromisso elementar de qualquer cidadão.

O problema que quero apresentar é o seguinte: como são remunerados estes diversos profissionais? Por princípio, de acordo com a sua importância na vida da comunidade, de acordo com o valor que lhes é atribuído por cada agrupamento humano. Importância ou valor que acarreta maior ou menor prestígio social. E algumas flagrantes disparidades sociais e salariais, ou seja, dissonâncias evidentes no que tange à relação valor social/ remuneração, bem conhecidas em geral, a quem se deve? À sociedade e aos governos que ela elege (muitas vezes aos que pode eleger em face de outros "não votáveis").

Como sociedade e governo, então, entendem o papel do professor nesta terra privilegiada por Deus? Por mero acaso, leio hoje num jornal, que o "professor brasileiro está entre os mais desprestigiados", entre 21 países objeto de uma pesquisa. A notícia sai justamente no dia em que se festeja o Dia Mundial do Professor. A pesquisa levou em conta como o docente é valorizado em cada um desses países, o respeito que por ele se tem, seu prestígio, o salário médio da categoria. Em termos de prestígio social, o Brasil ficou em penúltimo lugar; já em termos salariais, em confronto com o de outras carreiras, ficamos só à frente do Egito e da China! O país é vítima da ausência de uma política educacional abrangente que mereça tal nome? Sim, é evidente, mas com o beneplácito da sociedade, com sua omissão e do Congresso que representa todos os cidadãos. Pouco ou nada adiantam declarações repetidas, mas inócuas, através de frases clichês, do tipo "o magistério é a mais nobre das profissões". No momento de se concederem reajustes salariais, o do professor é verdadeiramente aviltante em face dos que são concedidos a membros dos poderes legislativo e judiciário.

Será que a sociedade sabe realmente a função precípua do professor na vida de uma sociedade? Ou para ela professor é aquele que se dedica ao ensino de Português, Matemática, História, Química, uma disciplina, em suma. Já não seria pouco, pois em conjunto são responsáveis por introduzirem o alunado no conhecimento do mundo cultural. Mas a função do professor é bem mais transcendental. Ele deve ter como objetivo maior iniciar e desenvolver em seus alunos a prática consciente e orientada do pensar, do refletir, do ter senso crítico, do argumentar, pois, para uma vida social eficiente. Só conhecimento compartimentado não forma um cidadão atuante, polêmico.

Na prática, o que se tem, mormente nos tempos atuais, são pais que não admitem que os professores façam greve na luta por um reconhecimento social mais digno consoante sua função, que têm investido contra a escola e o professor que penaliza, de alguma maneira, seus filhos, o que, parece, eles não sabem mais fazer. Mais grave: em algumas escolas particulares, pais que passam para os filhos a mais que lamentável ideia de que é com o dinheiro das famílias que os professores são pagos. Logo... Verdade: tempo houve em que o professor ganhava mal, mas gozava de respeito social.

Estes movimentos dos professores municipais, que têm sido essencialmente assim também em Estados e na esfera federal, ficam quase sempre ligados mesmo a uma questão até de sobrevivência (!), com a concessão, fruto de muita luta, de reajustes "empurra com a barriga".

Creio mesmo, pois, que a desvalorização do magistério atingiu um patamar deplorável. Mas não se omita que tal situação reflete claramente a avaliação de boa parte da sociedade brasileira. Não há como escamotear esta verdade. Imagine, comenta um pai, meu filho está maluco: quer ser professor! Vai morrer de fome! Já está sendo objeto de chacota de seus colegas! Que vida vai ter?

Mas... continuo a comemorar o dia do professor! E sei que muitos colegas, muitos deles ex-alunos, também! Ah, a utopia! Como viver sem ela?

Escrever e escrever

Já faz alguns meses que não escrevo sobre a linguagem. De uns dias para cá, no entanto, comecei a sentir certa inquietação, um vazio, uma insatisfação de que me faltava alguma coisa, enfim, não estava legal. Por acaso, peguei um livro que, junto a uns poucos, repousava sobre a minha mesa. Li poucas páginas de um livro e me foi batendo um desejo incontido de me pôr a escrever alguma coisa sobre Linguística. Será possível? Será que a vontade de voltar à sala de aula reaparecerá também? Gente, o que é isso? Claro, paixão...

Venho levando uma vida calma, diria que quase sem cobranças. Não tenho mais patrão, logo, obrigações, prazos... Cobranças, só as que me faço. Até que não têm sido, reconheço, renitentes, incômodas. Uma ou outra leve apenas... Mas escrever o que sobre linguagem? Não importava muito. Obsessão é obsessão. Fui digitando o que me vinha à cabeça. Depois destas mal traçadas linhas, me dei conta de que construíam certo sentido, ponto de partida talvez para se ter um texto. Quem sabe? – me dizia. Mas que fôlego eu teria para continuar aquele texto que me brotava tão impulsivamente? Que direção tomaria o que escrevia com açodamento? Mais uma possível (será?) publicação, a ficar plantada (e escondida) nas prateleiras das livrarias, neste campo de estudo tão povoado de livros? Meio tenso, meio perturbado, com aquela situação inesperada, resolvo dar umas voltas pelas ruas do bairro. Caminhar, ver gente, vitrines, quem sabe, uma chegadinha ao calçadão faz muito bem à cabeça, não lá muito boa então, e ao corpo.

Estas fugidinhas são ainda mais saudáveis quando encontramos um companheiro (ou companheira, nada contra!) para conversar. Gosto muito de conversar num mundo atual de poucas conversas. E não é que, distraído, escuto alguém me chamar. Era o Leo, amigo de muitos e muitos anos. Após um diálogo rápido, Leo me pergunta se estou escrevendo. Crônicas, né? Pois é, disse meio contrafeito. Sim, uma ou outra crônica, mas, sem eu contar com isso, parece, parece, que a Linguística me puxa (saudades?). Como assim? – me indaga. Comecei a escrever alguma coisa sobre a linguagem. Um escrever mais difícil, não? A pergunta do amigo me deixou mais perturbado. Mais difícil, Leo? Vamos ao nosso pé-sujo? Seus olhos se acenderam. Conheço bem o amigo. Tulipas frente a frente, e conversa, é com ele mesmo.

Não demorou muito, e lá estava eu voltando à indagação do companheiro. Não tenho uma resposta segura para o que você levantou há pouco: escrever sobre Linguística deve ser mais difícil do que estruturar crônicas. É o tal negócio. Na crônica, tudo pode: liberdade de assunto, linguagem solta (o que não significa não refletida), humor também solto... Muitos não a têm mesmo como gênero menor? Já em relação à Linguística, a noção que, em geral, se sustenta é que exige muito conhecimento, muito estudo, uma linguagem disciplinadíssima, em que qualquer deslize pega muito mal, num artigo (me poupem do *paper*), num livro.

Leo não era um homem de letras, profissionalmente falando, mas leitor assíduo, com que podia desfrutar de um lastro cultural dos melhores. Minhas observações eram, então, acompanhadas por ele com total entendimento. Como que pensando alto, fui passando as ideias que se atropelavam, naquele momento, na minha cabeça, para o companheiro: na crônica, a gente fala do que quiser, recorre a acrobacias linguísticas, ainda mais com um intento humorístico. Humor é transgressão. A linguagem, ao final da leitura de uma crônica, parece que fica mais na gente do que o embrião do texto. O humor se fazer presente, em discurso escrito, com as acrobacias linguísticas, é muitas vezes uma parada, Leo. Depende do dia, do seu estado de espírito, sei lá mais o quê. Ao contrário, em texto científico, o saber, o conhecimento, é indispensável, não adianta estar em dia em que amanheceu de bem com a vida, se ele falta, nada feito. Dominado o tema, o problema é conseguir traçar a trajetória ordenada dele por, digamos, tópicos. A linguagem segue uma conduta que obedece a regras estabelecidas, caturrices à parte. As traquinagens idiomáticas não têm regras. Quando estou cronista, fico frequentemente dependendo de um sopro momentâneo, correndo o risco de me sentir asfixiado, porque o danado não vem. Dúvidas em textos de ciência, corro aos livros. Se eles não resolverem, aí não tem jeito, fico é na dúvida.

Estou te extenuando, meu amigo. Só eu estou falando muito, porque, além de gostar de conversar, preciso responder a mim mesmo a sua indagação. Me desculpe. Quem mandou também me fazer uma indagação assim capciosa? Leo, cada gênero textual tem suas dificuldades. Não as tenho sentido menores ao rabiscar minhas crônicas. A censura, sobre elas, é menor, é verdade, apenas um "eta crônica tola, sem graça!". Já nos textos científicos, a avaliação é mais rigorosa, sobretudo por parte de especialistas: o autor comete equívocos, se mostrando desatualizado (tremendo, não?).

Se, por acaso, perco, em briga com o computador (das muitas que tenho), uma crônica escrita ontem, impossível reconstituí-la hoje, porque a linguagem, com as traquinagens, já não será a mesma, embora o tema continue o mesmo. Perdida uma parte de um texto científico, sua reescrita não é dificultosa, porque a linguagem não tem de ser exatamente a mesma. O saber não muda.

Leo, vou lhe confessar uma coisa (olha, amigo, quantas coisas tenho confiado a você nestes anos todos!). Começando, meio desnorteado, a voltar a escrever sobre Linguística, paralelamente ao estar cronista, me ocorreu a seguinte heresia: e se eu salpicar um molho apimentado de humor, adotar sintaxes de exceção num discorrer científico? Pobres dos revisores, sempre tão atentos, cuidadosos, ensandeceriam, com certeza. Este autor não parece estar em seu juízo perfeito. Certamente, procurariam o editor para a solução de um problema raro, presumo eu. É, coitado dele, concluiria com certeza o chefe. Estafa gravíssima. Livro não autorizado, sem discussões.

As conversas de hoje

Gosto muito de conversar. A linguagem não é essencialmente dialógica? Pois é... Sim, há conversas para todo gosto, sei muito bem. A começar pelas conversas conosco mesmo. Muitas vezes me flagro falando comigo. Momentos há em que digo para mim: precisamos conversar. Não posso ficar postergando. Estou me sentindo angustiado. Conversas às vezes duras, sem censura. Só poderia ser comigo. Qual a saída para aquela confusão em que me meti? Não é por nada não, mas como procuro sarna para me coçar! Se o papo comigo é proveitoso, que sensação de alívio, de paz, me invade a alma.

Deixando tranquilo o meu ego, ter interlocutores outros é fundamental para ir tocando a vida. Em certas ocasiões, chego a ir atrás de um. Não dá mais para aguentar ficar sem ouvir outra voz. Conversas, a gente as têm das mais variadas. Afinal, jogamos verbalmente com as pessoas mais diferentes. Nada mau. E temos surpresas das mais agradáveis. Naturalmente, há as desagradáveis também, a começar pela fala de parceiros que não deixam o outro falar, esboçar qualquer grunhido. Pessoas que falam muito e não dizem nada. Cansativo, difícil tomar a palavra. Até onde posso, fujo destes monólogos, sim monólogos, despejados no ouvinte. Se diz muito atualmente que na era da comunicação parece que se desaprendeu a ouvir.

Nem de longe quero aqui e agora tecer considerações sobre tipos de conversa. Venho, nestes últimos tempos, prestando muita atenção mesmo no que costumam falar alguns interlocutores, que se distanciam bem da leitura que faço do mundo, na base sobretudo do que leio e do que ouço, em geral o noticiado pela mídia. Gente especial para mim, no entanto, é a que deixa transparecer a sensibilidade que o seu DNA carrega. Nenhuma associação obrigatória com o seu grau ou nível cultural. Pessoas instruídas têm conhecimentos vários, domínio até aprofundado de certos temas, a que dedicam muito estudo, porém nem sempre exibem uma sensibilidade apurada para o que parece se esconder dentro de nós: a sensibilidade para a própria existência, para o conviver com os outros.

Divagam então sobre os temas da ordem do dia: políticos, esportivos, meio ambiente... Nenhuma palavra, no entanto, mesmo onde reina a camaradagem, sobre os problemas cruciais da natureza humana: a solidão, a saudade, os conflitos amorosos, a insegurança íntima, os medos, os enigmas pessoais, as associações com o passado...

Tenho fascínio sobre estes companheiros que não se refugiam no silêncio sobre temas existenciais, em situações, claro, em que se sintam num contexto propício, sob o reinado da confiança, à exteriorização do seu universo psíquico. Embora conheça este amigo há tanto tempo, não sei, digo para mim, na verdade, se o conheço. Nada diz de si, do que reside lá dentro dele. Dificuldade de se expor? Ou falta de conversas consigo mesmo? Ou ainda medo de um mergulho interior? Que diabo, não preciso estar ante um analista, para me soltar. Confiança é preciso. Sempre. Não é, pois, sem razão que, como frequentador assíduo de cinema e de teatro, e dos textos escritos ficcionais em geral, tenho clara preferência pelas narrativas voltadas para os problemas existenciais, em que o mundo psicológico do personagem e do seu conviver com outros vai sendo exposto, analisado.

Por isso, não só evidentemente por isso, tanto gostei do documentário sobre o Chico Buarque, em cartaz. Como o diretor consegue, com maestria, que o Chico, com naturalidade, vá falando dele, sobre, diria, a sua própria construção de vida, uma vida já longa. Falar da existência me atrai, que outros falem dela também me atrai. O sabido cansa muitas vezes, não nos enriquece, não nos leva a aprender, muitas vezes, um pouquinho que seja de uma outra experiência de vida.

A volta aos textos literários

A partir do momento em que escolhi a Linguística como campo de estudo e de docência para a minha atividade profissional, opção feita com segurança e mesmo com devoção, comecei a refletir detidamente sobre este amplo e complexo fenômeno que é a linguagem, longe de poder ser reduzido à bitola do certo e do errado, dominante, em geral, na visão das sociedades. Minha escolha se deu muito cedo, poucos anos após me graduar, sob a influência do sedutor curso de Mattoso Câmara, o introdutor da moderna ciência linguística no nosso mundo acadêmico. Uma disciplina nova e algo então invasora na organização do currículo dos cursos de Letras, em que imperavam a Filologia e a Gramática, além evidentemente da Literatura.

Muito jovem, fui chamado a assumir a responsabilidade de organizar a programação da nova disciplina na também jovem Universidade Federal Fluminense. Nada fácil esta tarefa para quem ainda soletrava as páginas de algumas obras desta ciência, quase todas importadas, que se consolidou nos inícios do século passado, na Europa e nos Estados Unidos. Muito me pesou tal responsabilidade. O caminho não podia ser outro: o estudo diuturno, procurando compartilhar com os alunos o saber que ia assimilando, me esforçando para alcançar uma linguagem acessível a eles, sobretudo na explicação dos conceitos mais complexos. Sabia que minha função essencial era conseguir apresentar aos alunos o mundo maravilhoso da linguagem, fundamental para a própria compreensão do *homo loquens*. Conceitos, classificações e tudo mais deviam estar sempre a serviço de uma possível explicação do como foi dito, em qualquer ocorrência, e com que finalidade enunciativa. Por detrás de cada discurso, está o homem, ser intelectual e ser sensível. Qualquer teoria linguística que desconsidere tal é teoria fadada ao puro intelectualismo, a um jogo cerebrino de regras e classificações.

Minha atividade de leitor estudioso dos discursos sobre a linguagem, com a metalinguagem empregada, foi se tornando cada vez mais absorvente, não me sobrando praticamente tempo para a leitura de outros textos, mormente os literários, que constituíam, desde a adolescência, um notável alento para a minha vida, transportado que era para outros mundos, para outra linguagem. Recordando Gullar, porque o mundo não basta, a poesia é necessária. Passei uns bons anos, para o meu dissabor, pouco frequentando os textos literários, desconhecendo, assim, diria, a literatura brasileira do meu tempo, a não ser a obra de vários cronistas, que, pelas suas contribuições semanais nos jornais, me facilitavam a leitura de suas crônicas, reunidas depois em livros.

Com a aposentadoria, a minha rotina de estar envolvido com a leitura de um romance, de um livro de contos ou de poemas, foi voltando. Comecei pela releitura (outra leitura) de romances já conhecidos meus, de que tinha guardado prazerosa lembrança, como *Memórias de um Sargento de Milícias*, *O Ateneu*, *Casa de Pensão* e *Fogo Morto*. Relendo-os, fiquei encantado, adjetivo que sempre me reporta de pronto a Guimarães Rosa. Que romance notável o de Manuel Antônio de Almeida! Que paisagem riquíssima de tipos e de costumes do Rio de Janeiro do século XIX ele nos pinta! Julgo, como mero leitor, que o valor de sua narrativa não pode deixar de ser ressaltado no quadro da nossa literatura do século XIX.

Lidos estes romances há tantos e tantos anos, me sentia de novo abraçando a nossa literatura, abraços no caso renovados, mais ousados, sem compromissos acadêmicos, por isso mesmo mais prazerosos. Parti, a seguir, para novos abraços, romances e contos ainda não lidos, desfrutados com intenso gozo, como obras de Clarice. A poesia, ah, a poesia (nunca me ausentei de todo dela) não poderia ficar de fora, pois ela, como a música, me alimenta o espírito, dificultoso viver sem elas. Aqui, optei não pela variedade de poetas, mas pelo adentramento dos poemas de Bandeira e de Drummond. Na verdade, Bandeira foi o meu primeiro poeta, certamente a influência paterna se fez presente nesta escolha. Os anos passam e meu encanto por Bandeira cresce. O breve poema "Irene no Céu" me emociona ainda cada vez que o leio ou o recito. Sete versos que, pelo seu encadeamento de simplicidade e delicadeza, sempre tocam fundamente a minha sensibilidade. Ah, "Irene preta/ Irene boa", lembrança persistente de um mundo parece cada vez mais distante do que sonho. Um terceiro poeta, que conhecia pouco, veio a enriquecer muito o meu mundo poético: Ferreira Gullar. Seus poemas, em geral, me seduziram para sempre. Em alguns, bem merece o elogio que recebeu de críticos de "poeta maior dos tempos de hoje". Basta evocar esta sua obra-prima que é o poema "Traduzir-se": "Uma parte de mim/ é todo mundo:/ outra parte é ninguém:/ fundo sem fundo./ Uma parte de mim/ é multidão:/ outra parte estranheza/ e solidão./ Uma parte de mim/ pesa, pondera:/ outra parte/ delira./ Uma parte de mim/ almoça e janta:/ outra parte/ se espanta./ Uma parte de mim/ é permanente:/ outra parte/ se sabe de repente./ Uma parte de mim/ é só vertigem:/ outra parte,/ linguagem./ Traduzir uma parte/ na outra parte/ – que é uma questão/ de vida ou morte –/ será arte?"

A vida com a leitura literária fica enriquecida, pois os discursos nela manifestados estão sempre nos ofertando a perene novidade da existência e do mundo, aguçando nossa imaginação, expulsando-nos da rotina, da mesmice, ligando o imaginado e o vivido, o sonhado e o real. Por isso mesmo, não dar, nas salas de aula, um espaço maior ao texto literário, como muitos professores têm denunciado, é impedir os alunos de alcançarem um olhar muito mais amplo da nossa experiência de vida. Mesmo o cientista, qualquer que seja seu objeto de estudo, será um cientista mais sensível ao pesquisado, alargando o seu lastro de conhecimento, com uma visão mais integrante, humana, do mundo, se ele acumular um lastro literário apreciável.

Pude, nesta fase outonal de minha vida, voltar a ter um contato maior com a literatura, sobretudo a brasileira. O vazio sentido pela falta do convívio com os alunos, convívio riquíssimo, preencho-o especialmente com a leitura literária, prazerosa, transbordante de sensibilidade e de imaginação, que me faz sentir um homem mais criativo, a apreender melhor o universo, no significado das coisas e dos seres.

O velhinho Virgílio

Lá vinha ele, andar miudinho, cabeça baixa, óculos escorregando pelo nariz, ombros caídos, desligado do movimento intenso da rua. Toda uma postura depressiva, de quem se mostrava estar pouco ligado à vida. Lá vinha o meu amigo Virgílio, de quem as pessoas se desviavam para que não se chocassem com ele. Trajava uma calça jeans e uma camisa azul que lhe davam um fiapinho de jovialidade. Virgílio aparentava ter bem mais do que seus 75. O desencanto pela sua vida atual se refletia em seu físico, em seus movimentos e em sua vida social.

Como vai este amigo? – lhe indaguei, pegando-lhe desprevenido. Admirando as morenas? São tantas por aqui circulando, que põe a gente meio tonta, não é mesmo? Que nada, que nada. Foi-se o tempo. Me manter em pé e caminhando já é lucro. Me forço para sair, andar é sempre bom, ver gente. Claro, lhe dei razão, ficar em casa se corre o risco de mofar. Fui, devagarinho, acompanhando seus passos curtos, em que não levantava os pés, nas minhas tentativas de lhe injetar algum ânimo.

A velhice é um horror! Repetia muitas vezes esta frase. Um amigo, outro dia, disse uma coisa certa: envelhecer é administrar perdas. Mas, Virgílio, na vida toda acontece isto, não? Mas na velhice é pior: é perda em cima de perda. Sim, acho que você até tem razão. É um tributo (não me fale esta palavra!), tá certo, é um preço que se paga por se viver mais. A gente tem mais parentes, amigos e conhecidos que morrem, além de outras pessoas que somem do nosso convívio. Vai ficando um deserto, ele enfatizou.

Virgílio: pensa bem, você, espantoso, não perdeu até hoje nenhum órgão, mesmo aqueles que os homens, em sua idade, já não têm mais; não ostenta nenhuma prótese. Amigo, não ter um joelho é também uma perda. Longe está, pois, de ter se tornado um ser biônico, como talvez a maioria de sua faixa etária. Tentava amenizar a angústia do meu camarada, que não a largava. Sabia eu bem.

No entanto, não é que faltasse razão a Virgílio. De repente, me desligando um pouco da nossa conversa, me ocorre que justamente este ano as perdas de amigos meus não foram poucas. Não quis me alongar sobre o assunto com Virgílio, já atormentado o suficiente com as suas perdas. Porém, convenhamos, os velhinhos têm mesmo de ficar às vezes assustados. Com algumas perdas quase simultâneas, lá vem a maldita indagação: quem será o próximo? – pois já não somos muitos em nosso grupo etário.

Pois não é que, retomando minha atenção com a conversa mantida com Virgílio, ele estava ponderando precisamente o ponto por mim levantado mentalmente: quem será o próximo? Se te chamarem, amigo (sim, porque há um chamado, não há?), você responda que está escrevendo um texto importantíssimo sobre as perdas na idade avançada – o humor é essencial nestes momentos. Texto (o primeiro de uma longa série) a ser entregue até amanhã, com contrato assinado e tudo. Assim, vai empurrando o chamado indesejável com a barriga, o que, convenhamos, não nos falta. Pensando bem, você tem um trunfo poderoso a mais: o seu nome. Virgílio não pode deixar de ser um nome de prestígio lá nas altas esferas do além. Agradeça a seus pais o nome que deram a você. Já nasceu com um ganho a mais, amigo, que deve constar de sua contabilidade terrena de perdas e ganhos.

Dois "causos" para esquecer

Em certa medida toda gente toma lá seus cuidados para falar, sobretudo em algumas situações. Mas não tem jeito, os foras não deixam de acontecer, e nem sempre o falante se dá conta. Não foi o meu caso. Tenho plena consciência de que, recentemente, criei dois momentos de mal-estar. E olhe que me considero um adulto atento à nossa realidade social, às suas mudanças, aos modismos.

Ia sentado num trem do metrô, me sentindo seguro, o que não é uma situação costumeira, ressalte-se. Passado um tempinho, entra uma moça, bem jovem. Incontinente, cavaleiro à moda antiga, me levanto, ainda que pertencente a um grupo especial, que tem seus privilégios, ou seus direitos, é mais justo falar assim. A moça, com um sorrisinho, diz, dirigindo sua fala para mim: o senhor pode continuar sentado. Não estou grávida. Estou gorda mesmo. Saltei na primeira estação, sem nem saber qual era. Mas fiquei pensando: parecia gravidez, o formato da barriga! Ninguém, creio, percebeu minha gafe. Estavam todos, ou quase todos, ocupadíssimos com os seus whatsApps. Ainda bem. Até que esta forma de contato, adotada, parece, por todo o mundo, menos por mim, mereceu que eu, vez primeira, a encarasse com simpatia. Tenho custado um pouco, confesso, a aderir às novidades deste mundo virtual.

No consultório de um médico, a que ia pela primeira vez. Nunca o tinha visto. Um senhor bem conservado, como se diz. Vários porta-retratos enfeitavam uma estante. Querendo agradar o médico, aponto para uma das fotos e digo: "bonita a sua filha". Não é minha filha, retruca o doutor de imediato. Bem que poderia passar sem esta. Como ignorar que há, atualmente, muitos casais com boa diferença de idade entre os cônjuges! Um cartão de apresentação desastroso o meu. Consulta evidentemente prejudicada, pois fiquei sem graça o tempo todo, mal conseguindo encará-lo. As perguntas que tinha para fazer-lhe emudeceram.

Pois é. Ninguém, na verdade, está isento de tais foras. Porém, numa sociedade como a nossa atualmente, tão outra em múltiplos aspectos, com seus novos comportamentos, numa maneira bem distinta de encarar e levar a vida, todo cuidado é pouco para não melindrarmos o outro. A escolha do companheiro ou da companheira, por exemplo, é um leque aberto de possibilidades. E, cá para nós, não é melhor que assim seja? O problema do gênero não está aí na ordem do dia? Abaixo, pois, o normativismo, pelo menos nesta escolha!

Eta vida sem poesia!

Vi você outro dia, estava conversando com um sujeito preto, me disse um conhecido. Eu não, lhe respondi de pronto. Claro que vi, passava eu em um táxi rente aos dois. Insisto, engano seu. Nunca conversei com um preto! Como? Converso com gente (às vezes com uma árvore). No caso, era um amigo querido, bom companheiro, educado, inteligente, com curso superior, um batalhador... A cor da pele dele era preta, como os tênis que calçava, jeans azul, se não estou enganado... Não precisa se sentir ofendido, me esclareceu. Afinal, não sou preconceituoso...

O senhor não tem condições de ser professor universitário, sentenciou um aluno-professor, em meio a uma aula. Depois de mais de quarenta anos atuando na academia? Fiquei arrasado! E agora, José? Pronto, não vou poder ser mais professor! Há muitos anos, me tinham dito que eu devia me dedicar ao ensino superior, era a minha praia. Você, no ensino médio, parece que te falta o entusiasmo docente. E agora, José? Só me fica restando o antigo curso primário. Para este, não tenho habilitação. Saí daquela aula me sentindo desempregado... Pior: ameaçado de não poder mais continuar dando minhas aulinhas, que tanto curto...

Ouvi de uma senhora jovem, numa fila de banco: estão conseguindo fazer uma limpeza na torcida do Flamengo! Com estes preços agora cobrados, fico mais tranquila com as idas do meu marido aos jogos do Maracanã. Os torcedores serão certamente mais da zona sul. Com o assentimento da amiga com quem conversava: ele pode até assistir aos jogos mais arrumado... E mais: na Copa do Mundo, já estou pensando inclusive em ir a um dos jogos... Outro mundo.

Entrei, outro dia, na livraria em que lancei o meu livro de crônicas na semana passada. Um pouco para reviver aquele ambiente de alegria e de sensibilidade da noite de autógrafos. Fui logo ver se encontrava pelo menos um exemplar da minha obra. Não é que, numa estante de elite, deparei, para minha surpresa, com o meu livrinho. O diminutivo está aí empregado não para desvalorizar o que escrevi. Isto não! Seria demais! Apenas para me reportar ao seu formato. Pois bem: havia uma pequena pilha de exemplares dele (uns sete ou oito), ao lado de um livro de crônicas recente do Verissimo, nada menos do que do Verissimo! Fiquei exultante, naturalmente. Mas... sei do percurso dos livros numa livraria, a luta deles para ocuparem um lugar vip nela. O meu livro teve uma acolhida generosa na noite de lançamento. Depois dela, foi então alçado à condição das obras (de crônicas) de boa vendagem. Passados uns breves dias, com a queda nas vendas, já pularia para uma estante dos menos procurados. Até chegar o momento em que, sem ser procurado, será expulso das estantes... De sorte que a maioria dos livros tem uma triste história em seu *habitat* natural. Fiquei contente, sim, ao encontrar o meu livrinho junto a um do Verissimo. Porém, me pareceu tão esqualidozinho ali ao lado da robustez dos exemplares do Verissimo! O meu chegava a ficar sumidinho, despercebido mesmo. Um pouco do que se dá na vida, não é mesmo?

Que saudade, velho Maraca

Proclamei sempre, no correr de tantos anos de vida, a paixão que, desde bem garoto, me prende ao futebol. Jogar futebol sim, atividade, no entanto, apenas do eu menino e moço. E jogava mediocremente, embora não me importasse com a minha falta de técnica. Queria era jogar, às vezes com chuteiras e tudo. E com as pernas tortas (não mais, não mais agora!). Brotava assim a paixão, bem cedo transferida, porém, para o torcedor assíduo aos campos de futebol. Passei a ler os comentários e as crônicas publicados nos jornais, bem como ouvia, antes da TV, os programas de rádio esportivos, antes e após os jogos por que me interessava. Como todo torcedor tempo integral, os resultados dos jogos mexiam, e muito, com o meu mundo emocional. Este ia aos extremos: ora tomado por alegria esfuziante, ora por frustração arrasadora. Não havia meio termo. Não se pense que a paixão murchou com a idade. Absolutamente. Paixão ainda de jovem, vivida intensamente, na expectativa sempre do próximo jogo, o medo do adversário, a colocação não favorável do time na tabela classificatória... Ainda hoje, faço o possível para desmarcar compromissos cujos horários coincidem com a transmissão pela TV de um jogo que não é para perder. Paixonite incurável.

Minha presença constante aos jogos de futebol foi, é certo, facilitada pela abertura do Maracanã, erguido em razão da Copa do Mundo de 1950 no Brasil. Me lembro de que fui aos jogos do Brasil realizados aqui no Rio. Garoto ainda, um tio me levava. Ao adentrarmos pela primeira vez na arquibancada do estádio, meu tio exclamou ante a grandiosidade do que via: isto nunca vai encher! Como se equivocava, pois logo no jogo de estreia, do Brasil contra o México, ele ficou lotado. Tinha de se chegar cedo aos jogos, para conseguir um lugar de melhor visão. Não acompanhava ainda bem os jogos. Minha atenção era desviada para tudo o que ia vendo no estádio: a torcida, o colorido exibido por ela, os cantos entoados, as provocações ao time adversário, a postura do árbitro, a comemoração dos gols... tudo era uma novidade, uma atração para mim. Nem chegava a perceber a feitura das jogadas dos gols. Na verdade, a festa me seduzia mais que o jogo.

Terminada a Copa, com a derrota vexatória do Brasil, senti mais o término daquela festa (foram uns quatro jogos a que assisti) do que a perda da seleção brasileira. Mas o melhor estava por vir. Morava eu, na época, bem perto do Maracanã. O estádio acolhia, então, o campeonato carioca. Passei a assistir aos jogos do Flamengo. Ia e voltava a pé. Caminhada de uns quinze a vinte minutos. De início, com alguns colegas de rua. Depois, até sozinho mesmo, quando tinha a oportunidade de escolher o lugar onde queria ficar: perto da torcida do meu time. Nos grandes jogos, ficava massacrado em meio a um aglomerado de não sei quantas pessoas. Nunca me bateu medo. Afinal, todos ali eram Flamengo, irmãos da mesma crença. De pouca estatura (que se manteria pela vida), me sentia engolido pela multidão nos momentos de comemoração dos gols. Uma vez, me lembro bem, no auge do pós-gol, fui levantado por um negão de seus quase dois metros. Boa gente. Só assim pude ver o campo e a festa dos jogadores. Hoje, bem, hoje, não teria eu o mesmo espírito completamente desarmado de tantos anos atrás. Torcidas do mesmo time brigam entre si. Se levantado por algum torcedor, não sei não... Novos tempos, novos tempos!

Um outro momento marcante na minha história com o Maracanã foi o de, havendo despertado nos meus dois filhos o gosto pelo futebol, passar a ter os dois, muito pequenos ainda, como companhias constantes nos jogos. Muito cedo, iam até aos jogos noturnos. Logo, logo, éramos um time de três torcedores unidíssimos. Nunca tive problema nesta aventura inesquecível, regada a mate, cachorro-quente, pipoca e sorvete. Na verdade, um pique-nique nos intervalos durante as partidas. Creio que o mesmo deslumbramento que tive com o meu tio, eles tiveram comigo nos primeiros jogos a que assistiram. Ter acesso àquela arquibancada gigante extasiava mesmo. Tinha passado aquela sensação gostosa para outra geração. Olhavam pouco o jogo, mais o estádio na festa nele desenrolada. Nenhuma briga, nenhum tumulto nos tirou a tranquilidade. O mais difícil era enfrentar a fila do cachorro-quente, de que não abríamos mão.

Tempo que não para. O Brasil é sede de novo de outra Copa do Mundo, em 2014. O futebol tem mudado muito, fora e dentro do campo. Hoje vive sob o império do dinheiro. Entidades e federações riquíssimas, empresários a se locupletarem com compra e venda de jogadores, além de serem os mentores de muitos deles, donos mesmo de parte de seus valiosos passes, com os clubes numa situação precaríssima, carregando o peso de dívidas vultosas. Com a realização da nova Copa no Brasil, o império do dinheiro se fortaleceu mais ainda, tudo sob o jugo da imbatível Federação Internacional de Futebol Associado (FIFA). Os estádios que aqui foram construídos ou de todo reformados, as arenas, como foram chamados, tiveram de obedecer os padrões determinados pela senhora FIFA.

Com isso, o novo Maracanã foi totalmente modificado, sobretudo em suas instalações internas. Ficou bonito? Sim, sem dúvida. Mas é um outro estádio. Encolheu bem. Acabaram com a geral, arquibancada no nível do campo. A arquibancada mesmo com cadeiras em todo seu anel. Maraca passou a se referir ao antigo, inesquecível, saudoso Maracanã dos velhos tempos. O Maraca a todos acolhia – até 180.000 torcedores, eu estava lá com meus filhos. Apertada na multidão, a gente tudo aceitava, em nome da paixão clubística, em nome daquele espetáculo (uma beleza só). Deve comportar, o novo estádio, uns 70.000 assistentes.

Os mais carentes eram acolhidos pela geral, arquibancada ao nível do campo, pescoço esticado para ver o jogo, vestidos muitos de maneira hilariante, provocativa, imaginação solta. Os olhos de todos lá de cima da arquibancada que envolvia o estádio se fixavam a toda hora na geral. Ela lembrava os foliões dos antigos carnavais do centro do Rio de Janeiro, em que cada um exibia a sua jocosa fantasia. Ainda estudante (também o colégio ficava perto do Maracanã), mesada zerada, lá eu ia de geral, o baixinho, coitado, saía mal da cervical. Só dava para ver as canelas dos jogadores. Mas tinha o vozerio da torcida. Se conversava com qualquer pessoa, o assunto era comum e o dialeto também. Não havia professor, só a turma unida.

O meu velho Maraca mudou então completamente de fisionomia e mesmo de frequência: menos lugares, ingressos mais caros. Disse que ficou bem bonito. Mas não fui lá. Vejo pela televisão. Ainda não reuni coragem para conhecê-lo pessoalmente. Vê-lo é, ao mesmo tempo, sentir agudamente que o velho Maraca não mais existe mesmo. Para mim, uma realidade ainda dura. Medo de me bater uma angústia forte de perda, perda de um lugar que, durante a minha vida, me proporcionou tanta felicidade, palco de tardes e de noites inesquecíveis, e que me ensinou a crescer socialmente, convivendo algumas horas com gente tão diversificada. Assim, o meu velho Maraca me fez conhecer o futebol e muito da vida. A atual arena é linda de corpo, mas nada certamente que se compare, em meu coração, ao que minhas retinas fixaram e meus ouvidos guardaram. Em suma, um templo de paixão, de transbordante alegria, de momentos de pura magia.

Sobre o autor

Carlos Eduardo Falcão Uchôa

Professor Emérito e Professor Titular de Linguística da Universidade Federal Fluminense. Criou no programa de pós-graduação em Letras da UFF a linha de pesquisa Linguística e Ensino de Português. Membro fundador da Associação Brasileira de Linguística (ABRALIN) e membro titular da Academia Brasileira de Filologia (ABRAFIL). Coordenador da coleção Linguística e Filologia. Em 2006, foi homenageado com a miscelânea *Entre as fronteiras da linguagem.*

Além de vários livros, escreveu numerosos artigos, em diversos periódicos e miscelâneas. Foi organizador dos *Dispersos de J. Mattoso Câmara Jr.*, em nova edição revista e ampliada, de 2004, autor de *A linguística e o ensino de português* (1991), *O ensino de gramática: caminhos e descaminhos* (2007 – 2ª ed. Lexikon, 2016), com que alcançou o Prêmio Francisco Alves da Academia Brasileira de Letras, *A linguagem: teoria, ensino e historiografia* (2008), *Sobre o ensino da análise sintática: história e redirecionamento* (2010), selecionado pelo PNBE do Professor, MEC (2013). Em 2013, publicou, pelo Odisseia Editorial, seu primeiro livro de crônicas *A vida e o tempo em tom de conversa.*

Este livro foi impresso no Rio de Janeiro em outubro de 2016,
pelo Grupo SmartPrinter para a Lexikon Editora.
A fonte usada no miolo é Rotis Serif com corpo 10,5/15.
O papel do miolo é 75 g/m^2 e o da capa é 250 g/m^2.